北 杜夫

マンボウ家族航海記

実業之日本社

実業之日本社文庫

マンボウ家族航海記　目次

本文イラスト／ヒサクニヒコ

マンボウ家族航海記

葬式

いきなり縁起でもないことから書きだすようだが、死というものは人生の極限であり、誰でも免《まぬ》かれぬことばかりでなく、私たちは自分が死なずとも肉親、知人の死にやむを得ず出会わねばならないものだからである。

先頃《さきごろ》、梅原龍三郎《うめはらりゅうざぶろう》氏が亡《な》くなり、

「葬式無用。弔問 供物《くもつ》 固辞する事。生者は死者の為《ため》に煩《わずら》わさるべからず」

という自筆の遺言状が残されていたと報じられた。

これこそ、私の母がしょっちゅう言っていたことであった。

母は昭和五十九年の十二月に亡くなったが、初夏の候、七月頃《ごろ》まではまだ私の家に夕食を食べに来ていた。以前は母は無類のセッカチであったから、贔屓《ひいき》にしている私の娘、孫の顔を見に来ても、十分ほどで帰って行ってしまったものだが、さすが齢《とし》をとってからは孫と夕食を共にしてゆっくりして行くようになった。世間の人が「痛快婆《ばあ》ちゃま」などと称した母も、老人現象で同じことを繰返すことが目立ってきた。その反復する言葉の中でも、いちばん多いのは自分の死についてのことである。

もっとも母は、もう十何年も前から、

「わたくし、飛行機事故でさっぱりと死にたいわ」

と言うのが口癖であった。それに対し、兄や私は、

「お母さまはそれでサバサバなさるでしょうけど、うっかり僻地《へきち》で死なれたら遺体を引取りに行くのも大変ですよ」

などと応じていた。

それが、母も八十九歳にもなり、実際に体の衰えも目立つようになると、その口癖が頻繁《ひんぱん》となった。

「わたくしはヨイヨイになって他人に迷惑をかけるまで生きていたくないわ。なんとかしてサッパリと死ねないものでしょうかねえ」

「お葬式もやって欲しくありません。あんな人迷惑なことはありません。だって、忙しい方々が無理をしていらっしゃるのがほとんどよ。大半は義理でいらっしゃるのよ」

私は次男坊で、有体《ありてい》に言って責任が二の次でいられる身の上である。しかし、長男である兄は世間体からも、いくら母がそう言うからといって、葬式なしでは済まされ

ないであろう。

そこで私は、無宗教の葬式を母に進言しておいた。志賀直哉《しがなおや》先生のお葬式がそれで、ピアノの演奏と献花だけで、まことにすがすがしい思いがしたからである。

「あら、それならまだいいわね」

と母は言ったが、次にはすぐ老人性反復症が始まって、

「あなたたち、お婆ちゃまはね、これ以上もう長生きしたくありませんからね」

と繰返すのであった。

母が男まさりのカラリとした性格であったことは、子供として実に有難いことであったと今更ながら思う。何と言っても老齢で、もうそんなに先は長くはあるまいと私も思っていたことだから、もしも母の口からジメジメした言葉でも聞かされていたなら、私はきっとたまらない気持になっていただろう。

私はユーモアは人類の持つ最大の長所の一つと思っているし、この世には茶化したりしてはいけない深遠な部分があることも承知してはいるが、体質的な物事を殊《こと》さら重々しくいかめしくあつかい考えることは嫌《きら》いである。今、体質的にと書いたが、ユーモア、つまりフモールというギリシャ語の原義は体液という意である。もちろんこの世には真面目《まじめ》に処さねばならぬことは多々あるが、私はそういう深刻な事柄《ことがら》を前に

して、そんなにしかめ面《つら》をするな、みんながものものしげに腕を組むことは軽くあつかえ、みんなが眉《まゆ》をひそめていることならいっそ笑え、という信念を抱いている。これを不真面目と叱《しか》ってくださってもいい。しかし、動脈硬化を起したかたくななバカ真面目精神よりも、それはいっそこの世に生気を吹きこんでくれる場合もあるのである。

母に無宗教の葬式をすすめた私は、自分の場合ももちろん無宗教でしようとずっと前から考えていた。それで、

「おれの葬式は無宗教にする。高い花は要らん。栽培された花よりおれは野に咲く花が好きだからな。タンポポがいい。タンポポがなければ、ペンペン草でも何でもいい。ただ、音楽は何にしようかな。なにしろおれは極めつけの音痴だ。そうだ、マーラー。あの『ヴェニスに死す』の映画のときのマーラーの曲にしてくれ」

すると、私の妻は、

「それならいっそ、株式の短波実況放送にしたら」

と言った。

私は九年前の躁《ソウ》病のとき、闇雲《やみくも》に株を買いだし、それも信用取引きで、早朝から短波放送を聞き、「〇〇が六百八十円、八十三円、更に八十五円とつけました」などと

聞くと、矢も楯《たて》もたまらずその銘柄を買い、ほとんどが高値掴《つか》みで見事に破産してしまったことがある。以来、躁病になるたびに株を買い、そのたびに大損害をする。私が株さえしなければわが家はまあ食べてゆくには困らぬ金があったから、株は妻にとってはいわば不倶戴天《ふぐたいてん》の敵である。しかし、妻にはいくらかユーモアもあり、また私が実際に死んでしまったなら、いくら株式放送を聞かせてももはや株を買えないから、安心してそう言ったのであろう。

それを聞いて、私はハタと膝《ひざ》を打った。

「株式放送。それはいい。あれは活気があっていいものだ。音痴のおれの葬式にはふさわしいかも知れんなあ」

もっとも、株式実況は無類の早口で、活気がありすぎるからこそ、私はこれまで大損をしてきたのである。

十二月にはいって、ずっと入院していた母は危篤《きとく》状態に陥った。そのとき、私は兄に、無宗教の葬式に母が賛成していたこと、母は特に信仰を持っていないからそれが良くはないかと打明けた。

兄はすぐ賛成してくれた。それればかりか、本当なら母の骨は粉にして海に流してやりたいが、日本の法律では禁じられているから不可能だと冗談まで言った。

母の葬儀は、簡潔な無宗教で行なわれた。しかし、無宗教の葬式は少ないので、あとで兄に聞いたところによると、祭壇の設計その他然《しか》るべき人に頼んだので、ふつうの仏式よりもかえって費用がかかったそうである。

それでも、母がしつこく申訳ないことだとこだわっていた来会の方々から、

「いかにもお母さまらしいお葬式でした」

と言われて、私は心底から嬉《うれ》しかったのである。


（1986・3・7）

私の暮と正月

昔のことだが、私は大晦日《おおみそか》の晩に、ひどいウツ病でもないかぎり、幼ない娘と一緒に、渋谷のデパートに買出しに行くことにしていた。娘が大晦日の街を見たいのと、娘に何か洒落《しゃれ》た料理を御馳走《ごちそう》してやろうと思ったためである。

夕方に渋谷のデパートに着くと、さすがに買物客で混雑していて、娘は私とはぐれないよう、手を握りあって雑踏の中をアチコチうろつきまわったものであった。私は滅多にそういう所に行ったことがないので、威勢の良い売り子の掛け声や真剣に御節《おせち》料理を選んでいる客たちの姿に興味津々《しんしん》であった。確かその時には妻が正月料理を殆《ほと》んど用意していたのであったが私の好物のカズノコとアサリの佃煮《つくだに》などを買ったように記憶している。

それから、私は娘と二人で外食したことは一度もなかったので、渋谷駅構内にある西洋料理屋に入って、スープから始めてかなりの御馳走をしてやるつもりであったのだが、大晦日の晩にそんな所で食事をする人はいないらしく、店は閉鎖されていた。

仕方なしに私は、凍《い》てつくような夜を外へ出て、何か食べ物屋を探して歩いた。ようやく一軒の食堂を見つけ、外から見ると一見立派な店であったので、ためらわずにそこに入った。ところが、すり硝子《ガラス》のため店の内部がわからなかったのだが、さて店に入ってみると貧相な大衆食堂にすぎなかった。私は衣食住に殆んど欲のない男だからもちろんそのような店でよかったのだが、今夜は娘に御馳走をするという約束は果せなかった訳である。

私は仕方なしに自分ではカレーライスを頼み、娘に向かって、

「由香は何にする?」

と貧弱なメニューを示して尋ねた。すると娘は小さな声で、

「カニサラダ」

とひとことだけ言った。

「ほう、カニサラダ。それはなかなかいい。その他に、何がいい?」

しかし娘は、「それだけでいいの」と言ったまま恥ずかしそうにうつむいた。

私のカレーはパッと届けられた。ところが娘のカニサラダはなかなかやって来ない。考えてみるとこのような安食堂では、カニサラダなどを注文する客はごく少ないのであろう。しかもやっと届けられたそれは、容器こそかなり立派に見えたが、レタスの

上に缶詰《かんづめ》のカニの肉がごくちょっぴりついたものにすぎなかった。

私は娘が気の毒になり、

「『オムライス』というのもあるよ。これをとったら?」

と、すすめるのだが、娘はあくまでも「これでいいの」と言うばかりである。私は大晦日の夜にはなにか掘出物もあろうかと思って、かなりの金を持ってきたのだが、完全に初めの意図とは外れてしまった。

——そんな昔の大晦日の過ごし方であったが、しかし、数年前から、娘と二人して正月料理を買出しに行く習慣がまた復活している。私がウツのときにも、娘は無理矢理私を引っぱってゆく。

去年はすばらしい好《い》い目に会った。つまり、私はウツだったので、いつまでも愚図愚図していたので、渋谷のデパートに着くのが遅れた。多分六時をかなり過ぎていた時刻であったろう。ふつう、このデパートは六時で終りになってしまうはずである。しかし、さすがに大晦日の夜だけあって、確か七時頃までやっていた。おまけに、安売りのものもかなりあった。

私はまたカズノコを一箱買った。すると、その売り子の男は、

「お客さん、二つにしておけや」

と言った。私が、

「いくらなの？」

と尋ねても、相手は、

「それを言うと、ちょっとまずい」

と言って、値を打明けようとしない。

私はいくらか不安だったが、思いきって二箱を買った。そのカズノコは一箱で三千五百円であった。一万円札を出して釣《つり》を貰《もら》うと、なんと五千二百円もあった。つまり、相当な安売りであったのである。ケチな私はすっかり嬉《うれ》しくなり、もう明日は正月であちこちで安売りをしている食品をかなり買った。しかし、値段を引かぬ場合もあり、

「いくらか安くならんかね？」

と尋ねても、定価どおりでしか売ってくれない場合もあった。

そのあと娘と喫茶店でアイスコーヒーを飲んだ。娘が、

「あたしとパパは気が合うのね。とても愉《たの》しかったわ」

と、心から嬉しそうに言った。これが昔、黙りこくって恥ずかしげにカニサラダ一つを食べた娘とは別人のように明るかった。さよう、私の娘はもう社会人になって働いているのである。なんでも変な言動をするらしく、その会話では「由香語録」と仲

間がひやかしたりするそうだ。由香とは私の娘の名前である。

私は、

「由香はパパの血を九十パーセント引きついでいる。仲のいいのは当り前だ。それにしても、お前は可愛《かわい》いな。まるでカグヤ姫のようだ。これもおれの血を九十パーセント引いたから……」

と言いかけると、娘は、

「パパ、黙って。みんながおかしく思うわ」

「なるほど。あの客どもの目から見ると、白髪《しらが》だらけの嫌《いや》らしい男が、可愛い小娘を誘惑しているように見えるかもしれないな。それにしても由香とパパとは実に仲が良い。今ごろ、ママは嫉妬《しっと》しているにちがいない」

と、私は言った。

それから、実に満足して帰宅すると、妻が、

「まあ、沢山買いこんできたのね。こんなものあるって、前からあなたに言ってたでしょ」

「バカを言え。このカズノコが一体いくらだと思う?」

カズノコの値段を訊《き》くと、こわい女房さまも機嫌《きげん》を直してくれた。それから義母を

まじえて親子水入らずの除夜の鐘を聞き、年越しソバを食べた。

私はそのあとも深夜劇場を午前四時頃まで見ていた。やっと寝ついたと思ったら、午前十時頃に妻に叩《たた》き起されてしまった。

「あなた、今日はお正月なのよ。いい加減に起きて！」

私は眠くてフラフラだったが、とにかくモーローと起きて行って、ちょびっと酒を飲み、御節料理をいくらかつまんだ。ところが、まだよく目が覚めないため、せっかく安く大量に買いこんだカズノコの味も、ろくすっぽよくわからなかったのである。


（1987・1・9）

正月の苦しさ

私は夏にソウになるケースが多く、正月はたいていウツで早く起されるのが実につらい。ウツのひどいとき、私はなんと午後五時頃まで寝ているからである。それも女房がやってきて、

「あなた、いい加減に起きて下さい」

と、パッと布団《ふとん》をはいでしまう。しかし、そのあともまた布団を抱いて、五分、十分とうつらうつらしていると、小学校の頃、学校をずる休みしたような複雑な幸福感がやってくる。しかし、いつまでもそうしているわけにはいかない。おっかない女房さまがふたたびやってくるからだ。

大晦日《みそか》の深夜番組にはかなり良い映画が多いので、私はしばしば暁方《あけがた》まで見ている。しかし、いくら哀願しても、正月は午前十一時頃にこわい女房に起されてしまう。これも一家団欒《だんらん》のためだから、まあ仕方がないことであろう。

午前中に起きるのはつらいが、正月には年賀状がくる愉《たの》しみもある。若い頃は私は

年賀状というものがいかにも儀礼めいたものが嫌《きら》いで、一枚も出さずにいた。しかし、やはりかなりの賀状がくる。中には昔の先生などからも頂く場合がある。こういうものにはさすがに返事を出さないとまずいが、先生から先に頂いて返事を書くのは失礼だから、私は一時妙案を思いついた。

つまり、ずっと昔のことだが、父が死んだ翌年は年賀状は出さすに済んだ。つまり、「喪中欠礼」である。私はどうしても返事を出さずにはまずい人たちに、三、四年ほどこの「喪中欠礼」と書いてハガキを出した。言うなれば、私の家では毎年毎年死人が出たことになる。

そのうちに丁寧な人がいて、

「喪中とは知らず、賀状を出したりして失礼しました」

という手紙を頂いた。私はさすがに罪深さを覚え、「喪中欠礼」はその年で廃止した。

今は私はすっかり人気もなくなって本が売れなくなったが、一時期はベター・セラー・ライターであった。当然、読者からの手紙、ハガキも多かった。中にはひどい悪口を書いてくる人もいたが、熱心な読者には私としても返事を出したかった。

しかし、昔は貰《もら》う手紙類があまりに多かった。なかんずく遠藤周作さんとの対談集

『狐狸庵《こりあん》VSマンボウ』を出すとき、お互いに面白い読者の手紙を裏表紙に出したことがある。その一つを、編集者がうっかりして私の住所を消し忘れてしまった。その当時からおよそ一年、私は毎日五十通以上の読者の便りを貰う羽目になった。これはかたじけないことであるが、こうなると返事は疎《おろ》か、長いお手紙など読みきれないということになる、そんなことをしていたら、私は仕事ができなくなってしまう。それで仕方なしに、その前から住所などを印刷したハガキを作っていたが、新しく二種の印刷ハガキをこしらえた。その一つが「万能ハガキ」であって、裏には次のように刷ってある。

賀春

暑中、寒中お見舞

祝(悼)御誕生、合格、落第、

御成婚、御離婚

一層の御健勝をお祈り致します。

というようなもので、その該当語句に○印をつければ済むものである。これはかなり好評で、また私にしても○印とサインだけをすればいいので楽なものであった。下に（MORIO—臥床中《がしょう》）という、カエルが布団をかぶって寝ている絵が描いてある。つまり、私の小学校時代の渾名《あだな》は、一つは瞼《まぶた》が腫《は》れているという理由でカエルであった。もう一つの渾名は駈《か》けっこが至極のろいという理由でガタガタ自動車とも呼ばれたのである。

さらにもう一つの印刷したハガキは次のようなものである。

拝復。お便り有難うございました。申訳ありませんが、小生、次第に御返事を書くことが困難となりました。活字の味気なさは十分に承知しておりますが、なにとぞお許し下さい。あなた様の御好意、御叱正《しっせい》、その他諸々《もろもろ》のことを感謝致します。御自愛のほど祈り申し上げます。

これにサインだけして出すのだが、読者からはかなり不評のようであった。

表書きはその頃週三回秘書のお嬢さんが来ていたので、すべて彼女に書いてもらった。これは私が無精なのでなく、本当に手紙が多くて私自身処理することが不可能に近かったからである。

昨今は読者の手紙もめっきり減って、感じのいい手紙には私自身の手で数行は書くことができる。表書きの姓名も私自らが書き、住所だけは妻やたまには娘に書いてもらう。おそろしく下手なものがくれば娘のものと思って頂きたい。しかし、類は友を呼ぶというか、明らかにソウ病患者の手紙がかなりくる。相手はかなりエネルギーがあるし暇であるから、時には数十枚の便箋《びんせん》にゴシャゴシャと一杯書いてくる。しかもこれが連日である。これはさすがに全部は目をとおすことが出来ない。しかも、うっかり返事を書くと、相手は図にのって連日のようにぶ厚い手紙を寄越《よこ》すことになる。しかも速達のこともあり、その人の経済状態が心配になることもある。それゆえ、ふつう一人の人に対しては一通しか返事を書かない。

年賀状は「喪中欠礼」に懲《こ》りてその後印刷することにした。これは自分の字で「賀正」、或《ある》いは「新年おめでとうございます」と書き、あとは住所姓名を記す。

昨年はちょっと趣向を変えて、

紅白も見ず
あらめでたやな
めでたやな

とした。これはかなり好評のようであった。

以前はくる賀状の中から、返事が必要なものだけにこれらの賀状を出した。しかし、今は随分と数が減ったとはいえ、千通以上の年賀状がくる。これの表書きをするのには、今は秘書嬢もいないから、妻や義母の労力は大変なものである。

そのため、何年か前から、妻はあらかじめ是非出さなければならない先生や先輩友人には、年末に書いておくようになった。ところが、私は老人ボケがひどくなってそれらを憶《おぼ》えておけなくなった。それだもので、頂いた年賀状の中からその返書を出すかどうかについて、いつも妻と口論を起す。

ともあれ、古い友人からくる賀状は楽しいものである。またひとことつけ加えたいが、年賀状にアレコレと質問を寄越す読者もある。

正月は賀状の整理で精一杯なので、それらの御ハガキに一々返事を出すことは出来ない。したがって、そういう手紙は正月以外の時期に頂きたいと思う。

（1987・1・23）

大旅行（その一）

五ヶ月ほどウツ期にはいって、ほとんどゴロゴロしていた。なかんずく、世の人にわるいような気がするくらい長く寝る。睡眠も浅いのだろうが、たまに所用があるのを除いて、起されないと何と午後六時までベッドにいた。

そのうえ、先日転んで左肩を痛めた。服を着替えるときも、ガウンを羽織るにも、ひどく痛い。そんなこんなで、今年にはいってから床屋も含めて三、四回しか外出していない。

ところが、社会人になった娘が四月三日の金曜日から二晩ほど、どうしても旅をしたいと言いだした。会社の同僚たちは皆、「家族旅行」をしているというのである。私は体の具合を理由に何とか延ばそうと説得したが、なにせ娘を私はほとんどどこにも連れて行っていない。外国には三度ほど同行した。夏は山小屋に遊びにくる。しかし、その他、海水浴は疎か、豊島園とか富士急ハイランドとか上野動物園にも連れて行ったことがない。

娘は友人などが、週末とか日曜日などにそういうところへ家族と一緒に遊びに行くことにずっと憧《あこが》れていた。

「パパがサラリーマンだったらいいなあ。日曜には遊園地へ行けるし、それにサラリーマンのお父さんは、会社の帰りによくケーキを買ってくるんだよ」

と、これまで何度同じ文句を聞かされたことか。

まだ小学校のとき、学校で父親の職業について調査の紙を書かされたことがある。会社員、商売、先生などなどで、まずいことに自由業という文字がはいっていなかった。そのため娘は、「その他」のところに丸印をつけた。「その他」にはいった父親はもう一人いたのだが、先生が問い質《ただ》してみると、これまたどこかの欄に該当することがわかった。そのため、娘はクラス中でただ一人、「その他」の子供になってしまったのである。

そういうこともあって、娘は私がもの書きでなく、ふつうのサラリーマンであったらと、幼いころから思っていた節《ふし》がある。

まして、暮にみんなで「キングコング」を観《み》に行った他、丸三ヶ月も家族一緒に外出していなかったこともあって、会社の終る金曜日の夜から二晩泊りの旅をいつになく強く訴えたのである。

私も肩こそ痛むが、いくらかは元気が出てきた折なので、思いきって承知することにした。世の親たちに比べて、自分が冷たすぎるように思えたので。

まず、妻と娘に行先を考えさせた。妻は川奈とか軽井沢とかの名をあげた。娘は京都に行きたがった。私はできるだけ疲れないように箱根にロマンス・カーで行ったらどうかと言った。本当はもっと遠いところ、たとえば北海道などの名もあがったのだが、体の不調のこともあって遠地は敬遠した。

あまりにも候補地が定まらないため、私は業《ごう》を煮やして、隣家の旅行の大家、宮脇《みやわき》俊三《しゅんぞう》さんに尋ねろと妻に命じた。妻は電話でしばらく彼と話していたが、宮脇さんはなにしろ旅に関することは何でも好きだし、ひょっとすると酒を飲みたくなったのか、

「どうもラチがあきませんな。私が伺いましょうか」

と、向こうから私の家に出むいてきてくれた。

それから、ほんの小旅行のための大作戦会議が始まった。

ケンケンゴウゴウ論議が行なわれたあげく、結論として宮脇さんは、なにせ春休み最後の休日にかかるから、どこへ行くにしろ、汽車も切符が取れないし車も混《こ》んで大変だろうという意見を述べた。

そして、つまるところ、初め私が考えていたさぞ疲れるであろう大旅行は、なんと

横浜に決まってしまったのである。それもわずか一泊。私はその結果に満足したが、娘はさぞかしガッカリしたことであろう。

娘は私が旅をすることに同意して以来、嬉《うれ》しさのあまり、会社で頻々《ひんぴん》と同僚にその話をしていたらしい。

みんなも興味を示して、

「どこ？　どこに決まったの？」

と尋ねられ、致し方なく横浜だと答えると、

「なあんだ。たった横浜まで。日帰りコースじゃない」

と、あきれられた由《よし》である。

大旅行どころか、横浜では旅ともいえない。なにしろ、ふつうは車で四十分くらいの距離であるから、ドライヴという言葉以下であろう。それでも私は内心、やはり道も混むだろうから、その二倍も三倍もかかるぞと危惧《きぐ》していた。

夕方、娘の仕事が終る時刻。赤坂見附《あかさかみつけ》にある会社の前まで車で迎えに行った。娘はなかなか現われず、私はヤキモキした末、

「あそこにいるのは守衛さんだろう？　いつも娘に話しかけてくれて親切な人だと言っていた。ちょっと挨拶《あいさつ》に行って御礼を言ってやろうか？」

「あなたが変なことを言うと、ユカが会社に行けなくなるわ。お願いだから、やめて」

ようやくにして、娘が出てきた。妻が娘に、

「ユカ、首都高速道路から渋谷インターにはいるのはこれでいいの」

「わからない。とにかく246号線に入らなくちゃね。こっちでいいのかな?」

「バカ。そんなことでは横浜に着くのは一体何時になるかわからないぞ」

と、後部座席で私はうめいていた。

果して青山通りは車のラッシュで私をいらつかせたが、246号線に入ってからは思ったよりずっと空《す》いていた。そのため七時半頃《ごろ》には横浜のホテルに着くことができた。おまけに明日は横須賀《よこすか》までいって戦艦三笠《みかさ》を見る予定だったので、チェック・アウトのあとすぐ車を出さねばならぬかと問うと、係のおじさんは、

「少しくらいならかまいませんよ」

と、親切に言ってくれた。

ケチな私は、その一言でずいぶん機嫌《きげん》を直した。

ホテルでの食事はつまらぬので、もちろん中華街へ行くことにした。

妻も今夜は飲むというので、ホテルのすぐ前からJR線で石川町まで行きしばらく

歩いた。ほどなく中華街を示す鳥居に似た門の明りが見えてきた。

「あそこが中華街だから、はいるのにはパスポートが要るのよ」

と、娘が真面目《まじめ》くさって言った。どうもこの娘はしばしば父親をからかうので困る。しかし、私はまだ酔ってもいなかったから、ちっともだまされず、

「パパはマンボウ・マブゼ国の主席だから、外交特権でそんなものは不要なのだ」

と、すぐ応ずることができた。

時間はさして遅くはないが、初めは人通りも少なかった。それが道の中ほど辺りからぎっしりと人の波がつづき、道の両側にはいかにもおいしそうな本場の中華料理屋がつづいている。果して私たちは、どのような店にはいったのであろうか。


（1987・5・29）

大旅行（その二）

娘は何回も中華街に来ているそうで、何という店が有名なのかも少し知っていた。店先に豚足《とんそく》、豚耳、豚の胃袋、腸詰などの並んだ通りを愉《たの》しんで、ひとしきり歩くことにした。またマントウや中華菓子の並んでいる店もあった。

もちろん、ショーウインドウに見本の並んでいる店も多い。私はかなり空腹を覚えていたので、おのぼりさん宜《よろ》しくそういう見本や値段をジロジロと見やりながら歩を運んだ。

すると、実に懐《なつ》かしい古い記憶が電光のように浮かびあがってきた。

それは昭和二十年、敗戦の年の暮のことである。私は松本高校の生徒で寮にいたのだが、甚《はなは》だしい食糧難のため、十二月の初めにはもう冬の休暇になってしまった。私の家も空襲で焼けてしまっていたが、ちょうどその頃、兄が西荻窪《にしおぎくぼ》の駅近くに小さな家を買ったので、私は長い冬休みの前半をそこで過した。私は家へ戻ればもう少し食糧もあるだろうと考えていたのだが、その当時、わが家にある米といえば、中くらいの茶筒にはいったものがそのすべてであった。兄夫婦はほとんど毎日のように芋の買出しに行っていて、三食がほとんど芋ばかりであった。近くにできた食堂にはエビフライも売られるようになっていたが、小さなそれが五円で、私は二度それを食べたが、それが最高の美味といえた。休みの後半は私は山形に疎開している父のところに行ったのだが、そのまえのことである。

私は中学時代の友人、三、四人と横浜へ行った。すると、そこの中国人街の屋台のような食堂は、東京とはまったく違っていた。東京では見ることもできぬ天丼《てんどん》などを食べることができ、私は夢のような気さえした。値段も確か十円であったと思う。

東京を離れるまえ、私はもう一度一人でわざわざ横浜まで出かけた。懐中には二十余円を持っていたので、あの御飯もたっぷりはいった天丼を二杯食べるつもりであった。本当にあの当時は天丼ひとつのために横浜まで行こうという飢えた毎日であったからだ。

ところが、いざ中国人街に着いて、あちこちの小さな料理屋を訪れてみて、心底からガックリきた。そのいずれもが休店であったからである。あちこち別の店を捜しながら、私はハッと気がついた。当時は外食券もなしで天丼などを売る店は違法であった。おそらく、警察の手入れがあったのであろう。それにしても自分は何と運がわるかったことであろう。空腹のまま、また東京へ帰る電車の中で、私はやるせないような悲哀の念を抱いていた。

そんな追憶は一瞬にして去った。

今はまさしく飽食の時代である。私にしても美味な中華料理をずいぶんと食べてきた。殊《こと》に食いしん坊の阿川弘之《あがわひろゆき》さんに、熊《くま》の掌《て》やら燕《つばめ》の巣など珍しいものを御馳走《ごちそう》になったりしている。

しかし、人間というものは微妙で、変化するものである。もう金さえあれば何でも食べられると思うと、それほど美食を求めなくなる。殊に私は父の農民出のつつましい精神を受けついだのか、また齢《とし》のせいか、今は豪華な食事というより、あっさりしたもののほうが次第に好ましくなった。その中華街の料理屋には珍味が溢《あふ》れているのだが、正直な話、娘のためには何をとってもよいが、自分のためには焼売《シュウマイ》と叉焼麵《チャアシュウメン》以外は要らぬと思い、

「パパはもう食べるものを決めたぞ。そろそろどこかへはいろう」

妻は新装開店らしいとりわけものものしい店のまえに立止まり、

「この店、どうかしら？」

と言ったが、娘はパパはそういう場所は嫌《きら》いだからと母親を説得してくれた。

そして、いちばん混《こ》んでいる一軒の店にはいった。初めは空席がなく、別の店にしようとも思ったが、五分ほどで食卓につくことができた。

私は頑固《がんこ》に焼売と叉焼麺しかとらず、妻たちは前菜から始めて、ごく一般むけの食物を幾皿かとった。わざわざ横浜まで来たのにしては貧相ともいえたが、娘のためにエビはロブスターにした。

娘が、

「あたしとパパは気が合うでしょ。それに比べてママは贅沢《ぜいたく》なんだから。でもパパ、ほかのものも少し食べなきゃダメよ」

と言ったので、他のものも少しは食べた。

大食いの妻は中途でなお肉料理を追加しようとしたが、注文しなくてよかった。みんな腹が一杯になってしまったからである。まして私は自分の予定ぶん以上を食べ、搾菜《ザーツァイ》を取り寄せてもう一本老酒《ラオチュウ》を飲んだため、喉《のど》が乾き、茶を何杯もお代りしたものだから、身動きするのも嫌《いや》になってしまった。

外へ出たのは十時を少し過ぎた頃だったが、もう大半の店が閉まって、道行く人々も少なくなっていた。娘は一軒の店で中国茶の袋を買った。

それから、山下公園に歩いて行った。小池に噴水があって、それが水中にある赤、青、グリーンの照明がときどき変り、なかなかエキゾチックな美しさを呈していた。ハンブルクの植物園の池にも音楽に合せて色の変る同様な噴水がある。

向こうの桜の下に灯《あか》りがついていて、かしましい音がするので近づいてみると、わざわざ発電機で周囲を明るくして花見をやっているのだった。

そのほかにも、街灯の明るいところなどで、カラオケをやって花見をしている一団もあった。それより変っていたのは、地面に台を置いて、マージャンをやっている四人組がいたことだ。また別の花見客の中の一人の若い女は、ラジカセに合せて一人でディスコダンスを踊っていた。

タクシーでホテルに戻り、氷を取り寄せてウイスキーを飲むことにした。その用意をしているあいだ、もう一風呂《ひとふろ》あびてきた妻はベッドに横になったが、酒も飲まないうちに眠りこんでしまった。

娘が、

「今日はパパとママの結婚記念日よ。早くママを起して!」

私は妻の名を呼んだり、足の裏をひっかいたりしたのだが、わが妻はドデーンとトドかイルカのごとく横たわって、いっかな起きようとしない。

それでも、私の家族としては珍しく、やがて三人はウイスキーをくみかわした。私は酒のせいもあって割と元気で、やはりたまには家族旅行もするものだと心から思った。

明日が早いので、私としては早目に隣室へ去ってベッドにもぐった。このところ嫌煙権《えんけん》の激しくなった妻と娘が、煙草《たばこ》を吸う私を避けてわざわざもう一室をとっていたのである。

（1987・6・12）

大旅行（その三）

翌朝、私としては大努力で起き、一緒に朝食を食べた。私はウツのときは夕刻に起きるので、食事は日に一回である。それでジュースとコーヒーくらいにしておこうと思ったが、クロワッサンがあったのでそれも取ろうとしたところ、妻が、

「パン・ケーキのほうがいいんじゃない？」

と言った。

パン・ケーキはつまり昔のホット・ケーキのようなものである。子供の頃、デパートの食堂へ行って、お子様用の高い椅子《いす》に坐《すわ》り、ホット・ケーキや焼きリンゴや三色アイスクリームを食べることがいかほど愉しかったことか。その懐《なつ》かしい思い出から私はパン・ケーキを注文した。おまけにメープル・シロップを子供そこのけにどっさりかけた。予想したより遥《はる》かにうまかった。

十一時頃、ＪＲ線で横須賀に向かった。私は汽車だと思っていたら、残念ながら電車であった。

駅からタクシーで、戦艦三笠《みかさ》が係留してあるところまでわずかな時間である。その辺りは公園にするらしく、整地をしていて、岸壁に三笠の見た目には新しいような姿があった。

私の中学時代は太平洋戦争のさ中であったから、海軍記念日には海軍の士官がきて、必ず日本海海戦の話をしたものだ。

三笠はおよそ一万五千トン、主砲として三十サンチ砲が四門、当時としては大きなものだったのであろう。そのほか十五サンチ砲十四門、八サンチ砲が二十門もある。横手から眺《なが》めると、まるで大砲だらけに見える。

タラップをあがって甲板に出たとき、妻が、

「あっちが船首かしら」

と、言った。私は反射的に、

「そうに決まっている」

と答えたら、案内係ふうの人が、

「いや、あれは船尾です。あそこに揚がっているのが軍艦旗です」

と説明したので、私は大恥をかいてしまった。

日本海海戦は、敵のバルチック艦隊はまさしく壊滅、三十八隻《せき》のうち逃れ得たもの

わずかに三隻、これに対してわが方の失った船隻はわずかに三隻という大勝利であった。中学校低学年の私は、胸をはって講演する海軍士官を尊敬に似た感情で見あげたものであった。

しかし、三笠にしてもかなり被弾をしている。その箇所は赤ペンキで記してあるが、その一箇所は主砲をほとんど直撃している。また一室には三笠乗員の戦死者の名が並んでいたが、大勝利にしては意外に多い。やはり戦争はむごたらしいものなのだ。

ちょうど映画をやるというので、昔のフィルムでもあるのかと思って見に行ったら、東郷元帥《げんすい》は三船敏郎の扮《ふん》した天然色のものであった。

まだ私たちが艦に乗りこむ前、公園の一隅《いちぐう》に銅像があり、妻は、

「あれは乃木《のぎ》さん？」

と訊《き》いた。私はあきれはてて、

「阿呆《あほう》。こんなところにあるのは東郷元帥に決まっているだろう」

と怒ったが、今の若い人は急速に昔の歴史の知識を失っている。第二次世界大戦のこともろくすっぽ知っていない。

やはり体験というものは重要で、どんなに悲惨な戦争の話を聞き、映画を観《み》、また本を読んだりしても、戦争の本体というものは摑《つか》めないのではあるまいか。殊《こと》に日本

人は熱し易《やす》く冷め易い民族である。このことは、考えようによっては怖《おそ》ろしいことだ。無線電信室にはいかにも古風な機械が机の上にあった。マルコーニ式電信機というものだそうだ。一般水兵は狭い部屋のハンモックに寝るが、士官室も大して立派とは言えなかった。艦長室はかなり良く、由緒《ゆいしょ》ぶかげなベッドがあり、更に続き部屋には猫足《ねこあし》のついた白い琺瑯《ほうろう》製の浴槽《よくそう》があった。

その横手にかなり広い司令長官公室があるが、ここでは士官たちが集まって作戦会議などをやったのであろう。開戦のとき、東郷元帥が部下に開戦の詔勅《しょうちょく》を伝達した、またロシヤ艦隊の降伏を受理した歴史的な部屋である。

ブリッジに行く。船橋《せんきょう》とふつう訳されるそれは、三笠では司令塔と名がつけられている。大きな木製の舵輪《だりん》がいかめしかった。汽船などのブリッジの前方は広いガラスばりだが、戦闘艦であるここでは厚さ三十五サンチの堅固なアーチで囲まれ、狭い覗《のぞ》き穴《あな》から外を見るようになっている。

ところで、昔の海軍記念日の講演などで士官があまり威張って話したためか、かつては日本は海国であったという意識からか、私は当然のこと三笠は日本で建造されたものだと思っていた。ところが説明書によると、英国ビッカース造船所で造られ、明治三十三年十一月八日に進水式があり、その後日本に引渡されたものとある。明治三十六年に連合艦隊の旗艦となり、日本海海戦は三十八年五月二十七日のことであった。

そのあと、タクシーで横須賀へ戻り、JR線で横浜へ行こうとしたら、運転手さんが、

「それなら京浜電車のほうが半分の時間で行きますよ」

と、教えてくれた。JR線は鎌倉に寄って行くので遠まわりになるのだそうだ。

駅の近くの食堂の多い通りで降り、遅い昼食をとろうとした。少し歩くとしゃれた感じのカレー専門店があり、妻はそこに入ろうと言ったが、久しぶりの旅(?)で好奇心旺盛《おうせい》になっていた私は、もっと歩いたらまた面白い食堂もあるかと思い、なおも道を歩いて行った。すると、ウナギから天プラから、要するに何でもある安食堂が見つかった。私は、

「あまり腹が空《す》かないから、おれはここでラーメンでも食べる。お前たちは好きなものをとればいい。ほら、何でもあるぞ」

と、ショーウインドウの見本を指さしたが、妻も娘もそれを拒否した。確かに何でもある食堂だが、その店は薄汚れて、あまりといえば大衆食堂そのものと見えたからである。

結果、先ほどのカレー屋に入った。壁もカウンターも濃い茶褐色《ちゃかっしょく》の感じのいい店で、

メニューにはふつうのカレーの甘口や辛口や、またエッグ・カレー、ジャーマン・カレーという欄もあった。ジャーマン・カレーとはどういうものかと妻が訊いたら、ドイツのソーセージが入っているのだと店員は答えた。

ビーフ・カレーの辛口を頼む。ビールで乾いた喉《のど》をうるおしていたら、もうカレーができてきた。なかなかの味である。Aクラスと呼んでいい。それも四百何十円という安い値である。

一年に一遍くらいの例外で朝食もふつうに食べていた私も、この店のカレーをむさぼるように食べ、ただほんのちょっぴり御飯を残した。

（1987・6・26）

大旅行（その四）

京浜電車に乗ると、なるほどずっと早く横浜に帰ることができた。料金も半額に近い値で、妻は、

「だからみんな私鉄に乗るのね」

と、せっかく発足したばかりのＪＲの人が聞いたら髪の毛が逆立つような言を吐いた。

駅前からすぐタクシーに乗る。横浜で行ってみたかったのは山下公園、三渓園《さんけいえん》、外人墓地、こどもの国など一杯あるが、山下公園は過去に二、三度行っていたし、ホテルで貰《もら》ったパンフレットによると根岸森林公園というのがあり、園内には馬の博物館があるという。馬好きの私たちはそこを選んだ。桜木町か根岸駅からバスに乗るようにも記してあったが、時間が気になってタクシーに乗ってしまった。

運転手が、

「少しまわり道になりますが、外人墓地の前を通るようにしますか」

と言うので、そのコースを行って貰う。

やはり土曜日なので車もラッシュである。しかし、そのおかげで、車中からであったが外人墓地の外観を摑《つか》むことができた。

公園の前に教会があり、ちょうど結婚式を終えた新郎新婦が記念撮影をしていた。新郎は外人で新婦は日本人である。国際結婚も次第に増えてきて、昔のように奇異な目で見られなくなった。他に二つの教会があり、いずれも結婚式をしている。またこの辺りも桜が多く、八分咲きから満開の状態であった。とにかく、どこの公園にも桜が多く、私は、

「桜は確かに美しいが、おれはもう桜には飽きたぞ」

と言ったらしい。

これは人から聞いた話であるが、私の祖父の紀一、『楡家《にれけ》の人びと』の中の楡基一郎は、桜が嫌《きら》いだったという。つまり、日本人はパッと咲いてパッと散る桜を讃美《さんび》する人が多いが、彼はその反対で、パッと散ってしまうような樹《き》を植えると家までパッと落ちぶれるという理由から、自分の家には桜の木は一本も植えさせなかった。基一郎は小説の中では大正十五年に死ぬことになっているが、その実物は昭和三年に没している。私の生れは昭和二年だから、もとより私は祖父のおもかげについて露ほどの

記憶もない。

根岸森林公園に着いたのは三時半頃であった。四時閉館と聞いて私は慌《あわ》てたが、案内役のおじさんは四時半くらいまではいいですからゆっくり御覧ください、と言った。

上階には受話器が五つくらいついているテレビみたいな機械があって、その受話器をとると、たとえば北海道のドサンコについて、

「ドサンコは深い雪が降っても、それを掘って笹《ささ》を食べます。仔馬《こうま》もそれを覚えて……」

というような説明が聞えてくる。

下の階には古いいかめしい馬車がある。

またテレビ様の機械があって、馬の常歩《なみあし》、トロット、ギャロップ、フル・ギャロップの肢《あし》なみが映る。

源平合戦のときの馬の絵とか、馬につける鎧《よろい》とか、古い時代のクツワなどが並んでいる。一人の武将の乗った馬の模型がある。鞍《くら》にしてもさまざまで、一人の客が先ほどの案内人のおじさんからいろいろと説明を聞いていたので、これは馬についての知識の深い人と思い、競馬用の鞍と牧場などでせめ馬をする鞍とは差があるのかと尋ねたら、北海道なら西部式の鞍が多いでしょうと答えた。昨年私が見聞きし、また実際

に乗ってみた鞍とはまったく違うので、まずこの人はこの博物館の展示物についての知識はないものと判断された。

一方に、岩手県南部地方の古い農家がそっくり移されて展示されていた。以前は、この地方は馬の産地で、馬を大切にした。従って、馬小屋はいちばん暖かい南寄りに作られている。また初冬、馬をその小屋に入れるとき、下の土を一・五メートルほど掘り下げる。その上に馬が糞尿《ふんにょう》をするが、その上に何度も何度も藁《わら》を敷くと、手を入れると熱いくらい温度が高まる。馬と共に、その熱でその家の人の住む部屋も暖かくなるのだと、案内人さんは私の知らぬことを親切に説明してくれた。

あたふたとした見物を済まし、館外に出ると、競馬好きでもない私もその名を知っているシンザンの銅像があり、そこから見渡す低地部に小さな馬場があった。そこで日を決めて子供らを馬に乗せるという。

どんな馬がいるかと思って、馬小屋を見ると、アラブ系らしい馬がいちばん良い馬らしく、あとはドサンコが一頭、他は雑種の一口でいえば駄馬《だば》であった。乗馬靴《ぐつ》をはいた女の子が馬にブラシをかけて世話をしていたが、これはどこかの学校の乗馬クラブの者たちであろうか、少なくともこの公園は乗馬クラブにはなっていないようであった。帰りのタクシーの運転手さんが、どこどこには乗馬クラブもありますよ、と言っていた。

五時半頃ホテルに戻り、妻はコーヒーでも飲みましょうと言ったが、私は、

「そんな閑《ひま》はない。急がないとラッシュになるぞ。喉《のど》が乾いたら缶《かん》ジュースを飲めばよい」

と、いささか横暴な言を吐いて、そのまま帰路に着いた。

なにしろ私はソウ病のときはヒョコヒョコとびまわるが、ウツになると気力もなくなるし、行動力も低下してしまう。従って、ウツの時期に私がいちばん好きなのは、自室のベッドに坐《すわ》ったり横たわったりして、あまり深刻でない洋画を見るとか、軽いエンターテインメントを読み、そしてチビチビと寝酒を飲むときである。

ベッドの周囲はまことに雑然としている。本は窓際《まどぎわ》に積んであるが、読みかけた本とか出版社から届いてこれはやむを得ず手を加えねばならぬゲラ刷りとかは、まぎれぬようにベッドのすぐ下に置いてあるので、文字どおり足の踏場もない。妻は、私のこの部屋のことをネズミの巣と称している。

「あなたって、本当にネズミみたいに巣にばかりこもっているわねえ」

とにかく、折角の家族旅行なのに、私は一刻も早く自分の巣に戻りたくて、

「夕食は遅くなるかもしらんが、家に帰ってから天ぷら蕎麦《そば》でも取って食べよう」

と、一方的に宣言し、極めて稀《まれ》で忙しかった二日間の疲れから、後部座席でつい寝こんでしまった。

車が止まったのでもう家に着いたのかと思ったら、娘はしゃれた焼肉屋に車をつけたのであった。彼女にしてみれば、滅多にない家族との外出をせい一杯愉《たの》しみたくて、天ぷら蕎麦を拒否したかったのだろう。

私はしばらく不機嫌《ふきげん》であったが、焼肉を食べたら意外においしく、二、三切れどころかけっこう一人前を食べてしまった。

しかし、次の日、私は完全にくたびれきっている自分を発見した。なにしろ大旅行（？）をしたうえに、一日に三食も食べたのがいけなかったのだと思う。

（1987・7・10）

昔の映画

今、東京新聞に淀長《よどちょう》おじさんが、昔の映画のことから思い出を書きだしている。なにしろ氏は幼年期から映画——昔は活動写真と言った——を毎日々々見ていたから、滅法くわしく、かつ驚くべき記憶力を持っている。

もちろん、今のところ、私の生れるずっと以前の話だから、私の知っている俳優などはごく少ない。

しかし、「デブ君」のことが出ているのは有難かった。私の長篇『楡家の人びと』は物語が大正七年から始まるから、私は当時の世相を知るために、その頃から戦後までの新聞、それも「東京新聞」の前身である「都新聞」、「朝日新聞」に目を通し、小説に役に立ちそうなことを大学ノートにメモをとったものであった。

大正七年頃の新聞は国会図書館にもなく、私は或る人の紹介で、東大史料編纂所《へんさんじょ》にずいぶんと通って、コピーなどない時代だから、一々小説に役に立ちそうな記事を筆写したものである。

「都新聞」には、いかにも古風な文体で、ゴシップ記事などが綴《つづ》ってあった。初めは当時の歴史、世相を知りたいと思って私はその仕事を始めたのだが、薬だの映画の広告などが意外に面白かった。

美顔水にしても、「三日つけたら鏡をごらん、色白くなるゲニゾ液」などというものがある。また仁丹が偽物の横行に業を煮やして、それを本社弁護士あてに郵送なされば、金一円乃至《ないし》百円の謝礼を呈す、などという長文で美文の大広告もあった。これらを私は小説に利用したが、仁丹のところはわざと仙丹とした。

そのほか、末娘の桃子という少女が活動写真好きで――このモデルの叔母は事実そうであった――昔の弁士つきの映画を盛んに見に行っていたことを聞いていたから、当時の映画の広告もなるたけ多く筆写した。当時、有名な映画は、「カリガリ博士」などであり、これはもちろん利用した。そのほか、おそらく三流映画であろうが、「暗黒の妖星」などというのも利用した。原題などはもちろん違っていると思う。

その中に、「デブ君」という俳優が来日するという記事があった。デブ君の本当の名前はわからなかったが、おそらく日本でも人気のあった俳優なのであろう。

そこで私は、桃子がその恋人に、「あのデブ君が日本に来るのよ。もちろん活動写真じゃなくて、本物のデブ君よ。これはぜひ見に行かなくちゃ」

というような会話をやらせている。

その「デブ君」のことが、淀長さんの文章に出ていたのである。本名はロスコー・アーバックルという写真で見るとなるほどデブチンの男で喜劇俳優だったらしい。

そこのところを淀長さんの文章から抜いてみる。

「かくて満員のなか真夏の暑さもなんのその。さっきの人情劇をチラと終り三分あまりを見たあとで場内に電気がついて『パンにラムネ』『八ツ橋におかき』。それよりも早く見たい。電気が消えて映写されたはデブ君ことロスコー・アーバックルとメーベル・ノーマンドの二巻短編喜劇。二人は結婚その初夜を（弁士がいった、それがわかった私の七歳）海岸の一軒家で迎える人生最高の興奮。ところが恋がたきのアール・セント・ジョンが嫉妬のあまり仲間五人引き連れ、あれまア一軒まるまる家ごと持ちあげ海へザンブリ。なかの二人はそれとは知らず『すこしゆれるみたい』『これはふたりの胸のうち』。かくするうちに夜明けを迎えるやベッドの下は水だらけ、あわてて窓を開けるや『あら海よ』。あわてて反対の窓を開けて『まあ、あなた海だらけ』。私はその面白さに夢中になったが、ふと気がついた、今ごろ家で心配してはいないだろうか。たったひとりでこの活動写真館、私は犯罪めいて、これ一本で逃げて帰った一人見物の告白」

今の若い人は弁士などというものを知らぬだろうが、私の少年時代にもまだそれがあった。つまり、トーキーになる前、たとえばチャップリンの無声映画時代、ところどころに字幕があるが、まず日本人には理解できない。そこを日本語で説明するのである。

昔の弁士は、字幕どころか、映画のストーリーをやたらと述べたてたもので、私は徳川夢声《とくがわむせい》氏とそのほかもう一冊の本により、いかに当時の弁士が人気者であったかを知った。「楡家の人びと」の中に出てくる詩文調の弁士の説明も、この二冊の本のいずれかからとったのである。

私の幼少時代、家の近くに青山館という公会堂のようなものがあって、そこでやる映画をときどき私は見に行った。ここではまだ弁士が活躍していたが、本物の映画館ではないので、淀長さんがわくわくしたような映画はやっていなかったと思う。

私が初めて本格的な映画を見たのは、確か「地獄の天使」という第一次大戦中のツェッペリンが出てくるものであった。これは飛行機狂の兄が私を連れて行った。

これも本当を言えば、半ば記憶の奥に閉ざされた映画であった。

一度、私は映画について水野晴郎《みずのはるお》さんと対談して、思いつくままに話をしているうちにこの映画の一部を憶いだしたのである。

とにかくドイツの誇る飛行船ツェッペリン号がロンドンを爆撃して帰途につく。イギリスの数機の戦闘機がこれを追うが、ツェッペリンの強力な機関銃で次々に撃ち落されてしまう。

そこで、そのイギリスの戦闘機の一機は、わざと被弾をしたようなふりをして、原野に不時着する。そして、敵の油断を誘っておいて、ふたたび離陸し、上空から突っこんでツェッペリンにぶち当り、自分もろとも敵をも破壊するという筋であった。

水野さんは、

「よくそんな昔の映画を覚えていますね」

と言ったが、私自身出鱈目《でたらめ》に話しているうちに、不思議とその一部を思いだしたというのが真相である。

古い映画といえば、「カリガリ博士」時代に「ドクトル・マブゼ」という怪盗ものがあった。この監督はナチに追われアメリカに渡って、昭和になってからトーキーのマブゼ・シリーズを作ったが、このことは私は以前にエッセイに書き、またその一つの邦訳名「恐るべき狂人　怪人マブゼ博士」というのが気に入って、私の自称独立国を「マンボウ・マブゼ共和国」と名づけたのである。

その初めの無声映画「ドクトル・マブゼ」をかつて私は岩波ホールで見、躁病のときだったから講師の方にいろいろ質問したものだったが、一体何を自分がしゃべったかは今はまったく覚えていない。

（1988・9・16）

株騒動あれこれ（その一）

只今《ただいま》は株ブームで、大相場がずっと前から展開中だ。なんでも金あまり、金利低下のため、法人、機関投資家の巨額な資金を初め、サラリーマンのボーナス、零細な主婦のへそくりに至るまでがどっと株に投入されたためと言う。中学生までが株を買ったという噂《うわさ》を聞いた。主婦が証券会社の店頭に現われだした場合、相場ももう終りとよく言われるが、このたびはなかなかそうでもないらしい。

そこで私の株の体験談を書くが、これはまさしくドタバタ悲喜劇であり、しかしその中にはちょびっと、まだ株のことをまったくわからぬ人の参考になることもまじっているかも知れない。

私は齢《よわい》三十歳になっても、株のことなんかぜんぜん知らなかった。新聞に株式欄があることは知っていたが、一体何のためにあるのかてんでわからず、覗《のぞ》き見《み》したことすらなかった。

それが確か三十一歳のとき、マンボウ航海に出、ハンブルクに着いたとき、商社の人から最近の日本の新聞をどっさり貰《もら》った。なにせ三ヶ月ぶりの日本の新聞である。私は夢中になって阪神タイガースが主砲田宮を手放したなどという記事に読みふけったものだ。同じ心境に駆られて、次から次へと船員たちがその新聞を借りにくる。一人のファースト・オフィサーが、じっと新聞を見つめていたが、やがて、

「ううむ、あがっているぞ。悪くはないぞ」

と、なんとも表現のつかぬ口調で言った。

私は驚いて尋ねた。

「それは、何のことですか」

「株です。ドクターも株をやられたらどうです」

「株って、いくらくらいの値段なんです？」

「それはピンからキリまであります。高いもので千円くらいです」

「なあんだ、じゃあ、ぼくにも買えますね」

「千円というわけにいかんです。つまり、一つ買っても五百株ですから（当時は千株単位でなく半分であった）、ええと、ざっと六万五千円になります」

私は仰天して言った。

「だって、ぼくは慶応病院じゃあ無給助手ですよ。兄貴のところでアルバイトして、

「二万円貰ってます。それじゃあ、とても無理だ」

「しかし、ドクターは本船ではずっと高給をとってるでしょう。それが半年間の航海ではずっとたまってくるわけだ（このマグロ調査船の私の給料は月四万何千円かで、それに支度金を五万円ほど貰った）。ドクターにも買える株を教えてあげましょう。三十円から五、六十円の株はいくらでもあります」

ファースト・オフィサーの言葉では、なんだか儲《もう》かりそうな話であったが、私は聞きながすことにした。実を言えば、何が何やらわからなかったのである。

それから、また三ヶ月の航海を経てようやく東京に戻り、居候《いそうろう》をしていた兄の医院で一息ついていると、「同人誌」仲間の友人がやってきた。「同人誌」とは、作家志望の年寄りからチンピラまで集まって、それぞれ会費を出し何とか文壇に認められたいと下手糞《へたくそ》な小説の並んだ雑誌を作るのである。

その友人が言った。彼は金持で株をウリカイして暮しているとあとで知った。

「君は社会のことをまるきり知らん。一つ株をやってみたまえ。そうすれば、もっと君の小説にも幅がでてくるだろう」

そう言われて株式欄を見ると、何だか電気のことは一つだと思っていたが、日立と東芝は別の会社であることに私は初めて気がついた。私のまったく知らぬ深遠な世界のようでもある。

そこで、あてずっぽに、二、三の銘柄《めいがら》を買った。いずれも五十円ほどの値で、それも五百株だけである。それからもう一つくらい買ったらと考え、日本は海国だから何とかしてもっと船を作ったほうがいい、それがお国のためだと、日本郵船という銘柄を見つけだした。

読者にはおかしかろうが、当時はまだ外貨不足で一般人は海外旅行なんか許されていなかった。留学生試験にも論文一つないので書類選考で落されてしまった私が、何とかして外国を一目見たいと、六百トンのちっぽけな船のドクターとなって航海してゆくと、二、三の港で思いがけず日本の船が停泊しているのを見かけることがあった。日本の船は「○○丸」と名づけてあるので、外国人は「マル・シップ」と呼んでいたが、そういう船に出会うたびに、私は胸が一杯になったものである。B29の空襲で猛火の中を逃げあやうく一命だけが助かった、あの見渡すかぎりほとんど何もない荒涼とした砂漠《さばく》のような焼跡の記憶が、未《いま》だに私の脳裡《のうり》にはひそんでいたからかも知れない。それゆえ「お国のため」であったのである。なんだか軍国主義みたいだと人は笑うであろう。

ともあれ、くだんの友人に電話してみると、

「郵船。そりゃけっこう。ありゃあ、明日にも六円高だぞ！」

と、大声をはりあげたものだから、私は軍国主義もへチマもあらばこそ、タクシーをとばして証券会社に駈《か》けつけ、郵船をやはりたった五百株だけ買った。

そうやって四、五銘柄を生れて初めて持ってみると、今度はそれが気になって仕方がない。三円あがって胸をとどろかせ、二円落ちてはガックリし、こっちがあがるかと思うとあちらが落ちる。なんともはや、凄《すさ》まじいストレスである。

私はあくまでも作家になりたいと思っていたから、こんなことでは仕事に差支《さしつか》えると考えた。それでもう株式欄を見ることをやめ、二年ほどほっぽっておいた。ふと気がついて株式欄を見ると、たいていがボロ株だったらしく、半分の値になっていた。私が買ったその頃は、ダウが最高値だったためらしい。ただ一つ、お国のためと買った郵船だけが、いつの間にか倍となっていた。あんまりほっぽっておいてもいけないと、私はチラと考えた。

しかし、私はもう株に興味も抱かなかったし、それから二十年ほど株には手を出さなかった。その郵船やらボロ株やらをどうしたのかも覚えていない。

だが、最初の大躁《ソウ》病のとき、とんでもない事件が勃発《ぼっぱつ》したのである。私の躁鬱《ソウウツ》は中年になってから始まったが、これは人類の四分の一にはあるくらいのつまらない変化で、せいぜい宣伝して喜んでいた。まさか自分があんなふうに正真正銘の異常な状態になるとは思っていなかった。

（1986・7・25）

株騒動あれこれ（その二）

私のソウ病とウツ病は初めのうちは一年のうちに繰返された。それが次第に周期がのび、齢《とし》をとるに従ってソウは三、四年おきに訪れるようになった。それがほぼ半年間つづく。あとはその二倍のウツとノーマルな状態である。

ソウになると株を買ったらしいのだが、何を買ったのやら覚えていないし、それをどうしたのかも覚えていない。ともあれ、かれこれ十年前の悪夢のような大ソウ病がやってきたとき、証券会社の人が言った。

「先生はまだ株で一遍も儲《もう》けたことがありませんね。私どもがついているのに、おかしいなあ」

その頃《ころ》、私はまだ本が売れていて、有体《ありてい》に言って小金持であった。しかし、私は生涯《しょうがい》に一度、自分のシナリオで喜劇映画を作ってみたかった。そして「チキチキバンバン」などでもわかるとおり、喜劇の小道具にはとてつもない金が必要であると思いこんでいた。それには私の資産などではとても無理で、株によってこれを二、三倍にふやしてやろうという妄想《もうそう》を抱いた。人はウツのときには貧困妄想を起し、大会社の社長などが入院しても、「わしは入院費用などとても払えない」などとかぼそい声で医者に訴えるが、ソウとなると誇大妄想を起し、金もない中学生がいきなりオートバイを買いこんだりする。

その年の夏、私はどちらかと言うとウツであったが、九月の初めに阿川弘之さんがスペイン、モロッコ、チュニジアなどの旅に出かけるという電話を受け、面白そうだったので同行し、旅の間はひどい下痢《げり》などしたが次第に元気になり、九月の末に帰国したときにはたちまち大ソウ病となっていた。

私は麻雀《マージャン》も花札もやらない。競馬もむかし少し公営競馬に行ったくらいである。しかし、根はギャンブル好きで、マカオの賭博場《とばくじょう》には二回行ってさんざん擦《す》った。その後もカジノのある国へ行くと、或《ある》いはルーレット、或いはクラップスでまたさんざんに負けた。ラスベガスでは五百ドルの資金から始め、一時は千二百ドルも稼《かせ》いだものだが、三日三晩奮戦した揚句、懐中にはお守りとして持っていたピカピカの一セントしか残らなかった。ニューヨークにいた友人の医者などに借金したが、それからアメリカ各地をめぐらねばならず、一体どうやって帰国できたのか今もよく覚えていない。日本にはカジノがないから、従って株を買うわけである。そのときもアフリカから帰国して三日目、週刊誌を読んでいて株式欄を見、発作的に証券会社に電話をして、五銘柄をそれぞれ何千株かを注文した。なんだか私が株を買うと不吉なことが起る。ずっと前、すべての株評論家が強気であったので株を買ったら、ニクソン暴落というような突発的な事が起り、株は半値になってしまったものだ。それでも当時は一銘柄につき千株、二千株という単価であったし、値がさ株は買わなかったから損したといっても高の知れたものであった。

ところが、このたびは出鱈目《でたらめ》に買った株の報告書を見ると千万円という金額である。根が小心の私は少しギクリとした。それなのに私はまた翌日、同額くらいの株を買った。やはり大ソウのなせるわざである。それから新聞の株式欄を注意して見ていると、ダウは徐々に下ってゆき、私の持株も同様に下っていった。しかし、私はここそ買いどきだと信じ、またぞろ買い注文を出した。しかも一回だけではなく三、四回も。なんだか私の資産はそれで尽きてしまったようであった。

妻は私が出鱈目に巨額の株を買ったこと、それが大幅に値下りしたことについてプンプン怒っていた。

「あなた、十月の税金は少ないけど、十一月は大変なのよ。どうなさるつもり?」

「でも、まだそのくらいの金はないかな」

「だって、もうないのよ、本当に」

「でも、お前のいつか言っていた定期や割引債は残っているだろう」

私は妻が隠していると思いこみ、銀行の預金なんかぜんぜん知らなかったのだが、初めて自分で調べてみた。すると定期や割引債は確かにあったが、妻はそれを解約するのは損だというので、それを担保にして銀行から金を借りていた。私は頭をかかえてしまった。

ダウは十月中旬から五日間も暴落をつづけ、私の持株もどんどん安くなった。その少し前から私は日経新聞をとるようになっていた。この新聞の株式欄はくわしく、日経もとらないで株なんかやっていた人は私一人くらいのものであろう。今や私は税金も払えぬ状態に追いこまれていた。以前の私ならたとえ三分の二以下に落ちてしまった株は売りはらってでも、撤退作戦に出ていたであろう。しかし、それでは税金も払えぬし、まして喜劇映画はとても作れない。

ダウは下る一方だったが、仕手株だけはすばらしく上ってゆくようであった。そこで私は値下りした優良株を大半売りはらって、仕手株に乗りかえた。たいへんな大損だったが、私の買った仕手株はたちまち上りはじめた。

なにしろ大ソウ病であったから、私はこう信じた。

「おれのカンは当る。おれは株の天才だ」

しかし、仕手株というものは危険も伴う。猫《ねこ》の目のように変り、とんでもなく上ってゆくかと思うと、またとんでもなく下ってゆく。そのため、私は生れて初めて、朝九時からの株式の短波放送をずっと聞くようになった。

そのラジオは当時あったいちばん高価なもので、私は初め諸外国の日本向けの放送を聞くためにそれを買ったのであるが、これには羽田の管制塔と飛行機のパイロットの交す交信がはいる。その交信には特殊な専門英語もまじるので、そいつを覚えようとして愉《たの》しんでいた。

それが今や、株式実況を聞くためのラジオと化してしまった。この実況は凄《すご》い速度で行なわれる。「○○が八百十六円、それから十八円、九円とつけました。フエフキ（笛吹き）、イタヨセです。日立二百三円三円高、東芝百八円五円安……」

イタヨセとは、あまりにウリカイが多くて、いったんそれをやめることである。仕手株によく見られる。

ともあれ、私は必死になってそれを聞き、市況によって頻々《ひんぴん》と銘柄を乗りかえた。これが何よりいけない。ウリカイにはそれぞれ手数料をとられるし、今度こそ利食ったぞと得意になっていると、妻がよく計算してみるとたった二万円ということもあった。

或る日計算してみると、支払いに四百九十万足らぬことがわかった。それでも東京世田谷の私の家の地価は相当に高いであろうから、土地と家を担保に入れれば何千万でも銀行は貸してくれると思ったから、私は平然としていた。

（1986・8・8）

株騒動あれこれ（その三）

私は土地と家を担保にすれば、銀行はいくらでも金を貸してくれると思いこんでいたが、妻の言うところによるとそれを断わられたという。

大体が今は不況で不動産は換金性に乏しく、また会社ならいいが、個人の家を抵当にとり、もしその個人が破産してしまうと社会的にも非難を受ける、と支店長は言ったそうだ。なんだかよくわからぬ話であったが、私が作家という虚名業であり、頭のおかしな作家の土地や家をまきあげてしまうと何を書かれるものかわかったものではないと向こうは恐れたのではないかとまで私は邪推したものだ。

とにかく、その支払いに足りぬ四百九十万円は、私の本をいちばん出してくれていたS社から前借りして当日は済んだ。

また或《あ》る日、新聞に身寄りのない老人の死のことが載っていた。貧乏の底のような生活をしながら、死んだあと身辺をさがしてみると、定期一千万円、更に一億円にのぼる株券が発見されたという。

貧乏になってしまった私はなんだかその老人が羨《うらや》ましく、彼が夜にも電気をまったくつけなかったという記事を読んで、

「電気をつけないって、どういうわけだろう？」

と、妻に尋ねた。

「きっと老人だから、朝早く目が覚めて、日が暮れると寝てしまうのよ」

「なるほど、なるほど。しかしケチだなあ。それだから金もたまるのかなあ」

そのうち、一人の編集者がやってきたので、またそのことを問うと、

「電気代というのはバカになりません」

と、教示してくれた。

それ以来、私はやたらと家じゅうの電気を消してまわり、応接間に客を通したあと、すぐに玄関の電灯を消した。

妻は閉口して言った。

「玄関の電気を消すのはやめて。応接間に物を運ぶとき危なくって仕方がないわ」

当時、私の家にはナナちゃんという至極ほがらかなお手伝いさんがいた。彼女もしょっちゅう叫んだ。

「アッ、また消されたあ」

株のほうはすこぶる乱調子で、毎日のように上る株と下る株が変った。私はどんどん上ってゆく銘柄《めいがら》の放送を聞くと、さながら進軍ラッパを聞いた軍馬のように勇みたち、たちまちそれを買ってしまった。その仕手株は二度もフエフキになったからである。ところがこれが高値摑《つか》みでフエフキのあとはかえって下ってしまうことも屢々《しばしば》であった。買った代金は他の持株を売るわけだが、これが思ったほど上っておらず、これまた大損害を蒙《こうむ》った。

株というものは、何ヶ月先のことにも反応するものだ。アメリカの大統領選挙、日本の総選挙、OPEC総会などが次々とひかえている時期であったから、一刻も油断することができなかった。

カーターが大統領になったので、ニューヨークのダウは安くなった。アメリカが風邪をひくと日本は肺炎になるとよく言われている。日本のダウは下らなかったものの、ますますひどい乱調子となった。

私は取引き先の証券会社のほかに、また二つの証券会社とも取引きするようになった。先の証券会社の株を買って、それぞれそちらにまわした。そのほうが、各証券会社のファンドの組入れ銘柄もよく教えて貰《もら》えると思ったからである。しかし、証券マンのすすめる株を買っても必ずしもうまくゆくものではない。そんな単純なものなら

株で損をする人はいないはずで、株で儲《もう》けられるのは一部の人であり、それより多くの人々が損をするものらしい。

それでもなおかつ私は株で儲かるものと信じ、来年は大相場になりそうだと思ったので、もう資本もないのに四社くらいの出版社から前借りをした。確かにソウの勢いで出鱈目《でたらめ》な仕事もかなり書きつづけていたが、果してそれが何時《いつ》になったら返せるものか、そんなことを考える余裕もなかった。私の前借りは何と五千万円以上にもなっていた。

その頃、ナナちゃんは私のことをボスと呼びだした。ふだんは妻にしつけられて「旦那様《だんなさま》」とか「御主人様」などと呼んでいたのだが、私が夕食のとき、「家《うち》は恐怖の次郎長《じろちょう》一家だ。いや、ぼくはマフィアのボスだ」

と言ったからである。

ほとんど私は九時前に起き、新聞の株式欄を読み、短波放送をつけて待機している。これがウツ病のときには夕方まで寝ている男とはとても思われぬ。

いざ早口に銘柄と値が続けられると、寝室に坐《すわ》ったまま、大声でナナちゃんに、「D証券に電話して、日本電気いくらだか聞いてくれえ」

それは株の実況は次々と続けられるが、電気株のところまでくるのはかなり後になるからである。

ナナちゃんがバタバタ走ってきて、

「今、二百五十三円」

「よし、二万ナリユキでカイ！」

ナリユキとは、今の値段でいいということだ。

「奥さまあ、二万ナリユキ、カイでーす」

妻は初めこそ協力したものの、私が自ら電話をしようとすると、うしろから羽交締《はがいじめ》にして、何とかして証券会社にウリカイをさせまいとしたものだ。それでも私は妻の隙《すき》を見てちゃんと電話をかけてしまう。

十一時で午前の立会いは終る。やっと寝室を出、食堂へ行って卵とラーメンを食べる。一時から立会いが再開される。これは食卓の上の小型ラジオで聞いていて、さて何を売ろうかと考える。買ったぶんはそれだけ売っておかねばならぬ。何しろ他に資金がまったくないのだから。

株というものは色々な癖のあるものだ。その頃は朝に高くてあとはだれ、三時の引け前にまた少し強含みとなる場合が多かった。

三時十分前頃、私は証券会社に電話して、

「今、いくらです?」

「フィルムが五百五十円、大日本印刷が四百七十二円、もう今日は動きませんね」

「じゃ、流してください」

電話口の彼方《かなた》から、

「フィルム二万ウリ!　大日本印刷一万ウリ!」

という声がかすかに聞えてくる。

これを三つの証券会社でやるから正気の沙汰《さた》ではない。

すぐに三時の時報。ナナちゃんが、

「終ったあ」

と、嬉《うれ》しそうな声をあげる。一家じゅうヘトヘトであったものだから。

（1986・8・22）

株騒動あれこれ（その四）

三時で株が終了しても、妻はそのあとから忙しくなる。一つの証券会社からふりこまれた金を、別の証券会社の人が持ってゆく。こちらから金がはいったかと思うと、また別のほうに金が出てゆく。一度などは、出版社から銀行にふりこまれた金が、三時になってもつかないことがあった。銀行は三時で終りである。妻は銀行に行ってコンピューターの前で待っていたそうだ。ようやく三時七分に入金の報《しら》せがあり、その日、不渡りを出すことだけは免《まぬ》がれる。

すべてを株に投資しているので、食べるためには工夫をしなければならなかった。かなり前に女性週刊誌で私は岡崎友紀《おかざきゆき》さんと対談したが、彼女は内気でふだんはあまりしゃべらぬのに、ソウの私とはずいぶん話したと記者が言い、連載対談をしてくれぬかと頼まれていた。私はしゃべるのが苦手だからそのときは断わったが、こうなっては背に腹はかえられない。その社に電話をし、いくらでも対談をすると申しこんだ。私がホストになるため、対談料も多く貰えるそうであった。

記者は私にどのくらい続けてくれるかと問うた。私はウツになるとしゃべれなくなるが、何しろ今回のソウ病は五年ぶりでかつて経験もしなかった大ソウ病だから、多分半年はつづくだろうと答えたところ、相手はどうも危ないと考えたらしく、対談の取りだめをすることになった。その十二月には週に三遍も対談した。

三時で株が終ると、私は三十分くらい疲れきって仮眠をし、あと原稿を書きつづけ、六時か七時に迎えの車に乗りこんだ。生れて初めて流行作家なみになったわいと、私は情けなくなった。それまで私は他の作家の何分の一しか仕事をしておらず、またそれが良心的な作家の態度だと信じていたからである。

車の中にも大袋を持ちこんで、本とか雑誌とか夕刊とかを入れておき、何かの資料になりそうなところはバリバリと破って一隅《いちぐう》につめた。

対談料はキャッシュで貰うように頼んでおいた。夜に戻ってきて妻にその袋を渡すと、このときばかりは妻はニコニコして、手刀を切る真似《まね》なんぞしてそれを受取った。当時の生活費はそれだけでまかなわねばならなかったからである。

何しろ出版社のみならず、あちこちから借金をしていた。母はもとより、いろんな友人にも金を借りていた。妻はあちこちの親戚《しんせき》に電話をして、これまた金を借りてくれていた。

なかんずく佐藤愛子《さとうあいこ》さんは恩人であった。彼女からは三百万と二百万とをつづけて借りた。私がつい愛ちゃんに甘えたのは理由もある。私に最初に株を買えばお前の小説も幅が出るだろうとたきつけた友人は、愛ちゃんの元の亭主であった。彼は金持ではあったが、文学青年であったのに変な会社など作って大失敗し、大借金を残してしまった。そのくだりは佐藤愛子著『戦いすんで日が暮れて』にくわしい。彼が私のところにやってきたので百万円を貸した。次にまた彼がもう百万を貸せと言ってきたとき、私は断わろうとした。金を貸すと友情もこわれるという格言を思いだしたからである。すると彼は、いきなり私の前で泣きだした。私は金は返して貰えないと思えば友情が損なわれまいと思ったので百万をまた貸した。しかし私たち友人が金を貸したため、かえって倒産が遅れ、ますます借財がふえてしまった。とかくこの世は金という変てこなものによって、良くもなれば悪くもなる。

愛ちゃんには、十二月も末に近づいた頃《ころ》また五百万を借りた。前の借金はどうにか返していたと思う。私はまだ来年こそは株が上って儲《もう》かるものという妄想《もうそう》を抱いていたから、「来年一月中旬には五百五十万にして返す」と約束した。ところが新年になっても少しも金まわりがよくならなかったので、

「実はテレビがこわれかかってダメなので新式大型のものに代えたい、また高級カメ

ラも買いたい。で、申訳ないがそれらを差引いて五百二十三万円で許して貰えまいか」

という手紙を出した。

ところが愛ちゃんは、すっかり五十万円も利子がつくものと喜んで、九州の高級ホテルに娘さんと泊り、大御馳走《おおごちそう》を食べようと計画したそうだ。そこに私の手紙が来たものだから、これは大変だと倹約しようとして町にウドンを食べに行き、あいにく大雨でびしょぬれになってしまったらしい。

これはずっと後で、遠藤周作《えんどうしゅうさく》氏と愛ちゃんと私がテレビの「素晴らしき仲間」に出演したとき、愛ちゃんはそのことを言いさんざんに私をなじった。私はウツだったから言い返すこともできなかった。

話を前に戻して、愛ちゃんはなにしろ「怒《いか》りの愛子」と言われる女である。たけだけしい女性である。私が電話して、

「だって一月足らずで二十三万も利子をとるなんて高利貸し同然だぞ」

と言うと、

「あたし高利貸しにでも何でもなるわよ。それよりあのお金、早く返しなさい」

とおっしゃる。

私がおそるおそる、

「でもねえ、ぼくはあなたの旦那《だんな》に二百万貸してあるが、一度だって返してくれと言ったことはない。何だか株を買わされて、それも彼が税金をとられるといけないからと言って渡してくれなかった。それに彼はあとの借金のとき、愛ちゃん名義のどこかの土地の権利書を担保に持ってきたが、愛ちゃんが返してくれと言うからすぐ返したろう。ぼくが強欲な男なら、ほんとなら愛ちゃんの土地はぼくのものになっていたんだ。ね、そうじゃない？」

と言うと、怒りの愛子は憤然として、

「あなた男ならそんな女々《めめ》しいこと言うんじゃないの。あんな男はもうあたしの亭主じゃないんだから」

とおっしゃって平然としている。あっぱれ日本女性の鑑《かがみ》ではないか。

しかし、愛子さまは優しかった。私はまた一時だけ五百万を借りたらしい。そのときに私の家に金をとどけてくれた愛子さま取引きの銀行の人は、私が、

「金五百万円借用したるなり。この証文は将来価値の出るものなり」

という紙片を渡すと、なんだかあきれかえっていたという。

のちになって遠藤さんと彼女と私が日本料理屋に行って、支払いの時私が愛ちゃん

は女だからいいよと言うと、「いいわよ、あたしが払うわよ」とおっしゃってダッチ・アカウントされた。いっぺんも私は彼女に奢《おご》って貰ったことはない。しかし私は彼女こそ日本女性の鑑だと信じ、崇《あが》めたてまつっている。

（1986・9・5）

株騒動あれこれ（その五）

前回の佐藤愛子さんの話を読んで、ひょっとして彼女が強欲な人だと錯覚する人がいると困るので、愛ちゃんの優しさについて記しておく。

同人雑誌の仲間はほとんどが貧乏であった。その二十周年記念会のときなど、愛ちゃんは貧しい男たちをつれてあちこちの電柱に宣伝ビラを貼《は》らしたが、冬のこととて寒くてならず、喫茶店でコーヒーを飲もうとしても私をのぞいてみんな金がなく、愛ちゃんが支払ったものだ。

また変てこな新人作家を自宅のガレージの中に住まわせてやったり、或《ある》いは精神病院の看護人として就職させる世話もやいた。この男はほとんど分裂病者に近く、どちらが患者だかわからなかったが、とにかくそういうふうに優しい愛ちゃんであった。

佐藤愛子は今、北海道に山荘を持つけっこうな身分だが、どんなに仕事をして元の亭主の借金を返したか、その御苦労は大変なことであった。その山荘にしろ初めは金がないので半分屋根がなかったりしたそうだが、地元の人々には初めから尊敬されていて、その優しい人格が察せられる。

しかし、あくまでも「怒りの愛子」である。

年末になって株式も休みになったので、私は一家じゅうもうヘトヘトだったから香港に安いツアーで行くことにした。日本円こそなかったが、私は過去に外国に旅したごとにあまったドルを将来のためしまっていた。調べてみると、思いがけぬドル紙幣が見つかった。このドルは証券会社は受け取ってくれなかったのである。愛ちゃんがハンドバッグを土産に欲しいと言っていたので、妻に頼んで然《しか》るべきハンドバッグを買った。愛子さまはそれが気に入ったらしかった。

ところがずっと後になって、私が安バーで飲んでいると、だしぬけに愛ちゃんが現われ、

「北さんのくれたあのハンドバッグ、何よ？　もう把手《とって》がもげちゃったわ。ひどい安物を買ったのね」

と、プンプン怒っている。しかし、あのハンドバッグは妻が吟味したもので決して安物ではない。おそらく「怒りの愛子」が馬鹿力《ばかぢから》でふりまわしたので壊れてしまったのであろう。しかし、私は愛ちゃんに叱《しか》られて、大ウツ病になってしまった。

また、愛ちゃんはそんなに金に困っているのに外国旅行などとは何事ぞとそのとき

叱ったものだ。

「でも、一人五万円の安いツアーだぜ」

　と言っても、

「それだって大金でしょう。世間はそんなに甘くないわ。甘ったれるのもいい加減にしなさい」

　とおっしゃって、それきり愛子さまは金を貸してくれなくなった。しかし、これとても本当は金を貸す気でいたのだが、彼女の使っている銀行の人がさすがに心配してそれをやめさせたというのが真相である。

　閑話休題。私は初めは株も現物株でやっていたが、その後、信用取引きをするようになっていた。これだと資金の三倍くらいの株が買える。しかし、手数料のほかに金利がつくし、六ヶ月後にはたとえ下っている株でも清算せねばならないから、素人《しろうと》は絶対につつしむべきものである。

　ともあれ、信用取引きでは多くの株が買えるので、以前は千株単位であったのが万単位となった。しかも私は相変らず株のことについて無知であったのだが、信用取引きで株を買うとその翌日に保証金を払わねばならず、逆に売った場合は四日後にしか金がはいらない。このズレのため、また出版社から前借りをしなければならなかった。

私は十一月の税金も滞納していたが、銀行の支店長が親切な人で、

「銀行の金利と税務署の延滞率とはそれほど差がありません。ただ延滞料は二ヶ月目から二倍になります。いちばんいいのは、十二月三十一日に借金をして税を払うことです」

と言って、その日に一千万を貸してくれるよう約束してくれた。ともあれ、税まで払えぬとは我ながら貧乏の極致だと思った。

そんな中にあって、私は自分の小さな家を「マンボウ・マブゼ共和国」として独立させようと思いたって、その紙幣やらコインやらを作りだした。まさしく正気の沙汰《さた》ではない。

私は年末相場、来年の大相場を期待していたのだが、結局それは実現しなかった。暮の大納会か新年の大発会かに持株をすべて売りはらっておけば損害を最小限に喰《く》いとめられていたことだろう。

しかし、私はあくまで株で盛り返してやろうと妄想《もうそう》を抱いていたので、二月末までやはり連日のようにウリカイを繰返したものだ。手数料だけでもかなりの損にちがいなかった。

ずっと以前から、私はブラジル移民の小説を書きたいと資料を集めたり、内地にい

る古い移民の人々に取材を開始していたので、二月の末、文春の雑誌に旅行記を書くという条件で、南米の数ヵ国へ行くことを許されていた。

それで、旅立つまえに損を覚悟で大多数の持株を売り、順番に借金を返した。三月相場があるかもしれないと思って一部の株は残したが、四月もダウは高くなっていなかった。やはり損をして株を売り、残りの借金を返した。ただ母からの八百万の借金を返せずにいたところ、昨年母に死なれてしまった。あくまでも親不孝な息子といえる。

私の祖父は、娘がダンスに行って病院に益のない男と結婚したときには、斎藤家は子々孫々ダンスをしてはならぬという家訓を作った。またおそらく株に手を出して失敗したのか、これまた子々孫々株をやってはならぬという家訓を作った。

母は戦後、一度だけその家訓を破り、父の弟子である銀行員に教えられて株を買ったそうだ。なんでもその時代は日本経済が破綻《はたん》に瀕《ひん》していて、株を買うことはお国のためだと思ったのだそうである。しかし、見事に損をしてしまったので、たびたび私の家にやってきては、

「やっぱり家訓というものは守るべきです。あなたももう株だけはおやめなさい」

と、しつこく叱りつけたものだ。

とにかく、その年の三月、私が税務署に申告した書類には、幾つかの借金の証書がはいっていたことを覚えている。

私は税金を払うと、まったく無一文になってしまったが、幸いS社から全集が発行になった年であったのでいちばん多かったS社の前借りもその年の末にはなくなったようだ。

南米旅行はまだソウのときで、愉《たの》しい旅であった。翌年、ブラジルだけを取材に行ったときはウツで、苦しい旅を続けなければならなかった。

しかし、そのおかげで私は、『輝ける碧《あお》き空の下で』という第一部と第二部をあわせて二千六百枚の私としてはいちばん長い小説を書きあげることができた。

（1986・9・19）

株騒動あれこれ（その六）

これでひとまず、私の悲喜こもごもの、いや、ずっと悲劇のほうが多い株騒動の顚《てん》末《まつ》も終ったのであるが、最後に読者に株のことについて注意しておこう。

証券会社の人たちも、もちろん良心的な人も多いけれど、なかにはやたらと人に株のウリカイをやらせたがる人物もいる。つまり、それだけ手数料がとれて、会社も得をするけれど、その人物の収入もふえるからである。

私がくれぐれも注意したように、あまり頻繁《ひんぱん》に株のウリカイをしてはならない。そんなことをしていれば、私のように破産してしまうようなことになる。

本職の株屋さんにしろ、必ずしも株で儲《もう》けるとは限らない。戦後、私の父は山形県に疎開していて、殊《こと》に大石田では大切にされて幸福ともいえたが、ようやく帰京してきて、夏は箱根にある祖父の建てた別荘で過すようになった。別荘というとすてきにも聞えようが、母屋《おもや》も無断でいつの間にか人に借りられており、戦争中に父が作ったたった二間だけの小屋に、父と二人だけで暮していた。私が炊事から洗濯《せんたく》から一切をやり、老齢の父はすでに油っこいものを好かぬようになっていたから、私はほとんど野菜料理を作り、まるで坊さんのような生活であった。ときどき肉も食べたが、せいぜい肉とジャガイモを煮たくらいなものであった。

隣りの別荘はたしかどこかの船長さんの家だったはずだが、戦後は誰も彼もが貧乏になってしまい、いつの間にか別の人が住んでいた。尋ねてみると株をやっている人で、ずいぶんと株で儲けたらしく、高価な庭石などを入れて、贅沢《ぜいたく》な暮しをしているようであった。

ところが次の年の夏にまた箱根に行くと、その別荘はまた別の住人のものとなった。株屋さんは株で大損をして、その別荘を人に売ったようである。

証券会社の担当の人がすすめる銘柄《めいがら》は別にわるいものではない。少なくともその三分の二、わるくとも三分の一はいい銘柄を教えてくれる。しかし、やはり自分で専門の雑誌を読んだり、短波ラジオで十二時五十分から始まる証券マンの推薦する銘柄などを研究して、自分で買うべき銘柄を選ぶべきだ。なぜなら、自分で選んだ株で損をしても自業自得というもので、これは致し方ないことだが、他人の勧めた株で損をすると口惜《くや》しくてたまらないものだからである。

証券マンはときどき、凄《すご》い手段を使って人にこれこれの株を買えと勧める。

「たった今、秘密情報がはいりました。〇〇石油は明日は大幅高です」

などと言うので、それは私が信用取引きをやっていたときだったが、私がその〇〇石油を何万株も買ったところ、上るどころか逆に下ってしまい、おまけにその多額の金額を補うために、他のこれまた安くなってしまった株まで致し方なく売らねばならず、大損害を被《こう》むったこともある。

「会社四季報」はやはり手に入れたほうがいい。これにはそれぞれの会社の業績や、いかなる新製品を開発しているとか、来年の予想までが書いてある。といって、ただ優良会社の株だけを買えばいいというものではない。

なかには無配の会社の株を殊さらに買う専門家もいる。その会社がやがて配当をすることを知っていて、先まわりしてその株を買うのである。

現在のような特別な大相場では、これから株を買ってもよいが、ふつうの大相場が展開ちゅうは、素人《しろうと》は株をやるべきではない。ネコもネズミも株に手を出すようになると、必ず相場ももう終りで、更に崩落することすらある。

私にはその真似《まね》はとてもできないが、どうやら大金持という者は、兜町《かぶとちょう》に閑古鳥が鳴いていて、誰も株なんかに手を出さない株価の安いときに、優良株をしこたましこんでおいて、じっと持ちつづけているようだ。やがてそれらの株はずいぶんと高くなり、それで大金持はますます金持になってしまうらしい。

素人は仕手株には手を出すべきではない。仕手株というものは上るときも早いけれど、下るときもアッという間に下ってしまうものだ。従って、毎日、短波ラジオでも聞いていないかぎり、仕手株に手を出すのは危険である。

株というものはずいぶんと先のことを織りこむものである。石油の試掘が行なわれそうだという話を聞くと、果してそれが成功するかどうかもわからぬうちに、その石油株は上ってゆく。

或《ある》いは選挙の結果も大切である。このたびは自民党が圧勝したため、内需関連株がたちまち高くなった。また逆に、アメリカとの貿易摩擦がいよいよひどくなり、かつ円高ということで、電気株はたちまち安くなってしまった。しかし、日本人はなかなか利口な人種であって、外国に支店をこしらえて、テレビでも自動車でも外人を使ってこしらえたり、また円高、石油安を利用してそれを克服しているので、今のうちに自動車会社の株とか電気会社の株をしこんでいる人たちもいる。

日経新聞もぜひとっておくほうがいい。これは他の新聞より高いから、ウツのときは株をやらぬ私はこれをとらぬが、ソウになって株をやりだすとこの新聞を読む。何より大切なことは、各銘柄についてその日の出来高の数が記されていることだ。これはふつうの新聞には出ていない。出来高の多い株は人気株であり、注目すべき銘柄なのだ。

といって、その銘柄の株を買って必ずしも儲かるとは限らない。殊に今はいわば循環相場で、こちらが高くなると思えばあちらが下る。また、出来高の少ないうちに優良株をしこんでおくことも重要なことだ。

今は、（もっともこの稿の載るのはずいぶん先のことであるから、相場がどのようになっているかは見当もつかないが）主として内需株がよいようだ。

すなわち、建設株とか食品株、或いは一部の化学株、また石油株、また水産株が意外に業績もよくないのに仕手株となって高くなっている。電線株も有望である。また、空港などの建設に対して或るコンクリート会社の株も高くなっている。また、円高をもっとも受ける東京電力をはじめ、東京ガスなどがすこぶる高くなっている。これまた業績はよくないが、土地を持っているという理由で石川島なども高くなっている。商社もこれまたよい。また、やたらと多数の人が株を買ったり売ったりするので、証券会社の株はもっとも有望だとも言える。

まあ、皆さんは私の大変な体験を参考にして、せいぜいうまくやって頂きたい。この私も、今度こそあまりウリカイせず、今の時点では生れて初めて株で儲けそうだ。

もし儲けたら、作家が株なんかで金を稼《かせ》いではやはりみっともないから、一度だけ儲けてもう株はやるまいと思っている。

（1986・10・3）

株騒動あれこれ（その七）

そうしてまた三年半ばかりの月日が経《た》った。私はまたソウ病となった。ソウ病になると前回の大失敗にもかかわらず、どうしても株をやりたがる。

私のソウは夏くらいから始まる。九月になるといっそうひどくなる。妻は九月を「魔の九月」と呼んでいた。

私は信用取引きにはつくづく懲《こ》りていたので、このたびは現物株にした。しかし、相変らずやたらとウリカイすることは同様であった。そのため、またしても大損をし、破産というまでには至らなかったが、妻はたいそう怒りっぽくなった。私がまた株を買ったのは、三年半のあいだにいくらか金もたまっていたからである。

お手伝さんも代っていた。ナナちゃんは会社に勤めるようになり、フミちゃんというかなり美人のお手伝さんであった。フミちゃんは気立ても優しかった。どういうわけで、こんなダメ男の私のところに、こういうすばらしいお手伝さんが来てくれるのか。昔のお手伝さんもみんな良い人たちだった。ただ一人、家出をしたという小娘がきたときには、妻は少し困っていたようであったが。

妻が私に株をやらぬようきびしく言っていたので、フミちゃんもそのように心がけていた。ナナちゃんは活発な女で、私にも協力してくれたが、フミちゃんはその逆であった。

或《あ》るとき、妻が外出した隙《すき》に、私はまた株のウリカイをやった。そのことを妻には隠しておくようフミちゃんに頼んだ。彼女はうなずいていた。

ところが次の日、フミちゃんがやってきて、

「まだ御主人様は奥様に話していらっしゃらないのですか」

と尋ねた。ナナちゃんは少しハスッパのところもあったが、フミちゃんは言葉も丁寧なひとであった。

私が、「うん」とうなずくと、とたんにフミちゃんはその目から涙を流しだした。なんという優しい人であったろう。私はフミちゃんに申訳がなくって、ほとんど自分も泣きそうになった。

しかし、私はまだ株のウリカイをつづけていた。今度こそ大相場になりそうだと、新聞や雑誌に書いてあったし、前回の大失敗には絶対にならぬと信じていた。

十月頃《ごろ》、軽井沢で知りあったTさんという仏文学者が先にお亡《な》くなりになっていた

ので、妻と一緒にお宅にお参りに行くことにした。Tさんはいつも美人の秘書を連れていて、またそのことが得意な様子であったが、人柄《ひとがら》も立派な方であった。

Tさんの家はお金持で、かつて谷崎潤一郎氏が住んでいた家の隣りのなかなかの豪邸であった。はじめ居間に通され、奥様とお母様と雑談した。

私はお母様に、

「Tさんは逆縁で、お母様は、さぞおなげきになったことでしょう」

と言うと、お母様は、

「ほんとにそのとおりです」

と言ったが、そのときは涙ひとつこぼさないでいた。奥様も同様であったので、私たちは少し安堵《あんど》した。

私の母は私の家にやってくると、

「宗吉、あなたは親不孝者だが、あたしより先に死んだりしちゃあいけませんよ。これは逆縁といって、これ以上親不孝なことはありません」

と、常々言っていたものだ。

お母様と奥様の様子が、それほど悲しみにうちひしがれていないようだったので、

私は、

「では、これからTさんの位牌《いはい》を拝ませて頂きます」

と言って、お母様に案内されて二階のその部屋へ行き、仏壇を前に正座したとたん、お母様がそれまでとは打ってかわった泣き声で、

「M（Tさんの名前）さん、北さんがいらしてくださいましたよ。北さんがいらしてくださいましたよ」

と言いながら、そのまま嗚咽《おえつ》しているようであった。

私は胸が一杯になり、仏壇の前に首をたれたまま、やはり嗚咽しなければならなかった。あとからあとから涙が溢《あふ》れてき、どうしてもとまらなかった。どのくらい泣いていたのかはわからない。

ようやく私は涙の溢れた目をタオルでおしぬぐい、元の居間に戻った。

そしてお母様にむかって、

「泣いたりして申訳ありません。お母様の悲しみをいっそう大きくしてしまった……」

と言った。

お母様も、そこに残っていた奥様も今は涙ぐんでもいなかったが、私はその席にいることがずいぶんと辛《つら》かった。

しかし、しばらくして、私が株をやっている話をすると、お母様もまた株をやられていることがわかった。

そこで私は、

「日本電気がよいです。あれは七百円まではあがるでしょう」

と言うと、お母様は、

「わたしも日本電気を持っています」

と、株談義になってきた。その頃、日本電気はまだ四百円そこそこであったと思う。

とにかく、株の話を始めたら、お母様もようやく笑顔を見せられるようになったので、私はホッとして、

「おれの株は女房を怒らせるけれど、このとおりお母様をなぐさめることにもなったのだ。やっぱり株はいいものだ」

と思いながら、帰途についた。お母様も、初めは悲しみをこらえていたらしい奥様も笑顔で私たちを見送ってくれた。

ところが、予想に反して日本電気はそれほど高くならなかった。それだもので、私はまたしてもそれを売りとばしてしまった。日本電気はその後、ずいぶんと高くなった。じっと持ちつづけていればよいのに、辛抱ができぬ私の性格から、またしても儲《もう》

けそこなった。

このたびの私の立場は、前回よりもずっと苦しくなっていた。妻が前回の破産に懲《こ》りて、私を禁治産者同然としてしまったのだ。銀行の預金通帳も判こもすべて隠してしまったので、私は一体いくら金があるのかも知ることができなかった。また妻が出版社に電話をして金を貸さないように頼んだので、どの出版社も前借りはさせてくれないようになっていた。

そこで私はそれまで関係のない出版社の雑誌に出鱈目《でたらめ》なエッセイを書き、前借りをするようになった。ところが妻は、なんだか超能力を有しているようで、いつの間にかそのことにちゃんと気づいているのであった。

（1986・10・17）

株騒動あれこれ（その八）

妻が名探偵《めいたんてい》のごとく、私の前借りに気づくのは、私が間抜けでどうしても証拠品を残してしまうからであった。

たとえばS社の文庫係の人が私の家にきて、私にひそかに金を渡してくれるのであったが、当然のことにその受けとりの証書のような紙切れを渡してゆく。私はうっかりしてその小さな紙切れをそのまま玄関のところに置き忘れてしまう。これでは妻がべつに明智小五郎《あけちこごろう》でなくても、前借りしたことがバレるのは当り前のことである。

「プレイボーイ」に、喜劇映画台本を書いたこともあった。SHU社は稿料もずいぶん高いからだ。しかし、私がやたらと前借りをしたがるので、そこからはもう原稿の注文はこなくなってしまった。

SHI社の女性週刊誌に、素人《しろうと》むけの「乗馬読本」を書くことにした。ずいぶんと稿料が高いことを編集長が言ったからだ。

私は乗馬を軽井沢で自己流に覚えた。当時の旧軽には二つ貸馬屋があり、中軽井沢にはむやみやたらと沢山あった。お百姓さんが農耕馬をたった二頭おいている貸馬屋までがあった。私はそこの駄馬《だば》を借り、初めのうちこそてんでダメであったが、やがて少しずつうまくなった。そこで、東京代々木《よよぎ》にある由緒《ゆいしょ》ある乗馬クラブの会員となった。しかし、正式なレッスンは一度も受けなかった。なにせ教官は軍人あがりの人が多いから、軍隊式のきびしい号令をかける。私が馬に乗るのは、作家という不健康な商売だから、なによりストレスを解消させるためである。それゆえ私はレッスンを一度も受けなかったから、馬場馬術こそもっとも下手糞《へたくそ》であったが、野外騎乗はかなりの腕前になってきた。浦和競馬に出すサラブレッドの馬を、夏のあいだ休ませるため置いてある貸馬屋があったが、大男のアメリカ人も御しきれなかったそのやたらめっぽう走りたがる馬を、なんとか乗りこなしたこともある。

しかし、その女性週刊誌の稿料は、編集長の言っていたほど高くはなかった。私はそれをあてにしてまた株を買ってしまったので、その尻《しり》ぬぐいをすることは大変なことであった。

私は原稿用紙に昔は万年筆で書いていた。だが、早く書くとまだ乾いていないインクがすれてにじんでしまうため、その後はボールペンを使っていた。そのボールペンをやたらときつく握りしめて書くらしく、ペンダコはおろか、右手の五本の指のあちこちが痛くてたまらない。それで私は五本の指のことという箇所にセロテープを何重にも貼《は》って書きつづけた。なんとしても金が欲しかったからである。

その当時、私は自ら申しこんで「徹子の部屋」にも三べんも出演したが、そのときの私の指にはみんなセロテープが貼ってあるので、徹子さんは不思議がり、またあきれていたようだ。

その年も終りに近くなった頃《ころ》、なんでも宇宙をさぐるボイジャーが打ちあげられたときに、埴谷雄高《はにやゆたか》さんが私の家にいらしてくださった。埴谷さんは『死霊』の作者で日本のドストエフスキイとも称せられ、私がいちばん尊敬している作家である。この方は決して自分のことを先生と呼ばせない。私も先生と呼ばれるのは嫌《きら》いだから、一々、「ぼくはもう医者をやめたから北さんと呼んでください」と編集者などにも言っている。しかし、ウツになるとそういうことを言う元気もなく、仕方なく相手の言うままになっている。

埴谷さんはすべてのことについてガクがある。それこそ何でも知っているので、私たちはしばらく宇宙のこと、ＮＡＳＡのことなどを話しつづけた。ＮＡＳＡが正式にはどういう意の略称であるかもこのときに教わった。しかし、さすがの埴谷さんもちょっぴり記憶ちがいをしていて、そのあとで私が「徹子の部屋」で得々としてそのことをしゃべったら、本当はこうだというハガキがきた。

だが、埴谷さんはなんと株のことにもくわしかった。これは母上がかなりの金持だったので、人にすすめられて株を信用買いして大損害をしたからだそうだ。なんでも満州事変のときでふつう株は下ったり上ったりするものだが、そのときは一本調子で上りつづけたという。埴谷さんの母上はカラ売りをしていたので、六ヶ月たってもその株は安くならず、ついに高値でその株を買い直さねばならなかった。信用取引きのこわさはこういうときのことである。

私の妻は、私が株をウリカイしてはそのたびに大損害をこうむるので、

「埴谷さん、北になんとかして株をやらせないようにするにはどうしたらよいでしょうか。外国にでも行っていたほうがいいんじゃない、あなた?」

私は言った。

「外国にいても、国際電話というものがあるぞ」

「それなら、南極にでも行ったら」

「南極に行っても、おれはどこかの国の基地に這《は》いこんで、無電をかけるぞ」

「埴谷さん、こうでございますの。あたくしつくづく困っているんです。どうしたものでしょう」

すると、埴谷さんは笑って、

「北君は株で一ぺんも儲《もう》けたことがない。まあやらしておきなさい。もし一ぺん儲けたら、北君はアホらしくなって、それでもう株はやめますから」

と言ってくれた。火星人のように優しい埴谷さんであった。

しかし、私はまだ株で一ぺんも儲けたことがないので、その後もソウになるたびに株のウリカイをしつづけた。優しい埴谷さんの言葉を信じながら。

私は必死になって資金を稼《かせ》ぐため、エッセイなどを書きなぐったが、それはあまりに急いで書いたため、くだらぬものとなった。また前回の対談集なども実にダメなものであった。先輩友人からずいぶんと忠告されもした。辻邦生《つじくにお》氏などは、のちになってもなおそのことを言っていた。私は良い先輩、良い友人に恵まれている。お手伝さんにしてもそうだが、こんなダメ作家に、どうしてあのような立派な先輩や友人がつきあってくれるのかと不思議に思うことがある。

ともあれ、ソウが終ると、私は株もやめる、このたびも妻やフミちゃんをずいぶんと疲れさせてしまったが、これが私の運命というものである。「運命のないことがわたしの運命です」とリルケは書いたが、それにしても私の運命はずいぶんと悪いほうに傾いているようであった。

（1986・10・31）

株騒動あれこれ（その九）

大切なことを書き忘れた。

私はこのたびも前回にもまして、ドタバタ騒動をやらかしていたのである。

私はなにしろ禁治産者なので、銀行の通帳も判こもみんな妻が隠してしまったことは前に書いたが、私は何とかして金が欲しかったもので、妻の留守のあいだに彼女の寝室に行って、そこにおいてある妙てけれんな西洋簞笥《だんす》からそれを見つけだそうとした。その簞笥の鍵《かぎ》も巧みに隠されていたが、アルセーヌ・ルパンのごとき大泥棒《おおどろぼう》のように私はそれを見つけだし、ついに簞笥を開けることに成功した。調べてみるとかなりの通帳が見つかったのでホッとしたが、よく調べてみると大した金額ではなかった。しかし判こなどを発見した。

私はまだ金があった頃、近所の銀行に金庫を一つ借りていた。金庫というと大げさだが、それは一室にずらりと並んだ金属の棚《たな》の中の一つの小箱にすぎなかった。そこには大切な川端康成《かわばたやすなり》氏から頂いた手紙や父の短冊《たんざく》、または妻がちょびっと持っている宝石などが入れられているはずだった。私は妻はまだ国債くらいその中に隠しているかもしれぬと思ったので、その銀行に行ってみることにした。

とにかく株式をやっているあいだはその放送を聞かねばならず、終ったら終ったでくだらん雑文を書きつづけねばならぬ日常だったので、私は疲れはてていて、何だかだらしのない恰好《かっこう》で行ったらしい。おまけに、金庫の鍵も判こもいつのまにか妻が代えていたため、銀行員はどうしても金庫を開けることを許してはくれなかった。

私はそれを自分の姿恰好のせいだと思った。シャツはよれよれだったし、ズボンのジッパーも外れかけていた。それで、恥を忍んで、

「ぼくは北杜夫といいます、決してあやしい者じゃないです。ぼくを信用して、金庫を開けてください」

と頼んだが、なにしろ鍵も判こも違っているので、いくら頼んでも無駄《むだ》なことであった。

妻の寝室の箪笥は、それを開けるのがむずかしかった。鍵をさしこんで、いくら左右にねじってみても、どうしても開かないことがしばしばのことであった。

或《あ》る日、証券会社の人が金をとりにきた。私は現金とてもはやなかったので、妻の箪笥の中にある小切手帳にその金額を記して渡すことも多かった。私がはたしてどの

くらい預金を持っているのかよくわからなかったが、とにかく小切手で払っておけばあとは妻が尻《しり》ぬぐいをしてくれるだろうと思っていた。ところが、私がいくらやっても箪笥は開かず、ついにはその証券会社の人に開けて貰《もら》わねばならなかった。彼は金を貰わねば義務をはたせないので、その開けにくい箪笥をやっとのことで開けることに成功した。

また或る日、私は箪笥に隠してある通帳にかなりの金額がふりこまれていることを発見し、銀行に電話をかけてその金を持ってきて貰うよう頼んだ。だが、妻には秘密にするよう、これこれの時間に私の家の近くの道で待っていてくれるようにと頼みこんだ。

その頃《ころ》、私は不健康でおいぼれてきた自分の身体《からだ》をなんとか鍛えようとして、庭でピンポンをやりだしていた。娘はかなりうまく、妻はものすごく下手で、フミちゃんがいちばん強かった。隣家の宮脇俊三さんもやってきたこともあった。私は出版社の編集者で、元は選手であった人と大接戦を演じ、辛《かろ》うじて彼を負かしたもので得意満面であった。私は松本高校時代、卓球部のキャプテンだったのである。そのため、のちに世田谷区のピンポン大会に出場し、老人組に出たのだがむざんにもコロリと負け、非常な屈辱を味わわねばならなかった。

ともあれ、銀行員が金を持ってきてくれる日も、私は庭でピンポンに夢中になっていて、つい彼がくる時間のことを忘れてしまっていた。ふと気がついてみると、約束した時間にとうにもう三十分以上も過ぎている。

私は慌《あわ》ててピンポンをやめ、銀行員の待っている道のほうに急いだ。気の毒な銀行員は待ちぼうけをくらわされて、私の家にはいる道にきて佇《たたず》んでいた。私はひそかに金を受けとるつもりであったが、明智小五郎よりも名探偵《めいたんてい》の妻は、たちまち私の謀略を見破ったらしく、あとからついてきた。私は銀行員から札束を受けとったと同時に、すばやくシャツの下にそれを隠した。いくらなんでも妻には気づかれなかったろうと思っていると、妻はたちまちそれを見破り、あとでさんざんに私をなじった。

「わたくし、あなたの態度でちゃあんとわかっていたわ。あんなにピンポンに夢中になっていたのに、突然おろおろして急いで出て行ったから、すぐに気づいたの。あなたって、ふだんはいい人だけど、株をやりだすといつだって嘘《うそ》をつくんだから」

娘までも私があまり株に熱中するもので、やはり私を非難しだした。

「パパってダメね。今度こそは儲《もう》かると言っていながら、損ばっかりしてるじゃないの。あれは月曜ボケだからなんて澄ましていて……」

月曜ボケとは、月曜日にはどういうものか株が下るのである。娘はそんな言葉さえも覚えてしまったのだ。

しかし、この頃に私が女性週刊誌に書いた『乗馬読本』はのちに『マンボウの素人乗馬読本』（新潮文庫）という本になったが、なにしろレッスンひとつ受けていない私の本はいくら素人《しろうと》むけのものとはいえ、乗馬クラブの会員の人にでも読まれたら顔から火が出るような大恥をかかねばならぬシロモノだと私はずっと思いこんでいた。

妻は私に教えられて乗馬をやるようになっていたが、これは正式なレッスンをずっとやっていたので、今では馬場馬術は私よりずっと上手である。妻は乗馬クラブにも行くが、夏に中軽井沢の山小屋に来ると、近くの貸馬屋でしきりと馬に乗っている。そして、一人の乗馬の達人とめぐりあったが、この人は馬については古今東西の本を読んでいて、自分でも乗馬の歴史や高等馬術の文を書いている。

この人が私の本を意外にも褒《ほ》めてくれたという。日本には素人むきの乗馬教本は少ないが、その中でいちばんいいものだと言ってくれたそうだ。そして、数箇所の間違っているところを指摘した手紙を送ってくれた。

彼はついこの前、私の家に来て、自分の持っていないアメリカやフランスやドイツの馬の本を借りて行ったが、そのとき、大学の馬術部の人たちに私の本を読むようにと薦《すす》めていると語った。なんとも光栄なことである。

（1986・11・14）

株騒動あれこれ（その十）

さて、昨年の昭和六十年のことである。ウツ病で寝こんでいた私はなんの悪魔のはからいか、七月頃《ごろ》から次第に元気になり、八月に軽井沢に行った頃にはハッキリと大ソウ病になっていた。

私は前に買った株をまだいくらか残していた。その株はその頃のでは見こみがなかったから、それを売って別の株を買った。私の本はもう売れなくなっていた。文庫だけが増刷になり、それで食いつないでいるようなものらしかった。かつてソウ病のときに出鱈目《でたらめ》に書きなぐった小説やエッセイや対談がひどいものであったので、むかしは少しは人気もあった私もすっかり読者から見放されているようだった。

そう言えば、私は読者のみならず、いくらかの親切な先輩作家や友人の作家をのぞいて、他の作家にも見放されていた。前回のソウ病のとき、金に困ったので山口瞳《やまぐちひとみ》さんに電話をした。サントリーのCMに出させて貰《もら》えないかと思ったからである。

すると山口さんは、CMのことについてはひとことも言わず、

「君は軽井沢に別荘を持ってるんだろう。少しそこに行っていたらいいんじゃない？」

と言っただけであった。

つまり、頭を冷やせという意味であったのだろう。山口さんは瞳という女のような名前のとおり親切な人で、私が「マンボウ航海」から帰ってきたあと、サントリーの社長とテレビに出て外国のことを話しあったが、その当時のテレビの出演料はごく安かった。そのときまだサントリーの社員であった山口さんは私を気の毒に思ったのであろう、そっと私に別に金のはいった袋を手渡してくれたものであった。そのように親切な山口さんにももう私は愛想をつかされているようであった。

この夏、私と妻の攻防戦は激しかった。私は前の晩に、この株を買おう、この株を売ろうと懸命に計算して、朝九時の株の立会いの始まる前に、証券会社に電話をしようとする。妻は寝坊だから大丈夫だと思っていると、妻はちゃんと起きていて、私が電話をかけようとすると、電話のボッチを押してなんとかして夫が株をやることをとめようとする。妻はかつて私を突きころばしたり、タオルで叩《たた》いたりしたものだが、私は妻に暴力をふるったことは一度もない。けれども、このときばかりは足で妻が近寄るのを防いだり、ときには浅ましい取っくみあいになって、電話機が床に落っこちたりしたものだ。

妻は私に株をやらせないよう、私の兄や先輩友人に頼んで、証券会社に電話をかけさせ、私がいくら電話をかけても証券会社は絶対にそれを受けつけないよう頼みこんだらしい。

そのため、私はまたもや株で損をしなければならなかった。その頃は、私は二つの証券会社と取引きをしていた。一つの証券会社にこれこれの株を買ってくれと頼む。ところが、ずっとあとになって、その証券会社では私の言うことを聞いたふりをしていて、実はその株を買っていないことが判明した。私にしてみれば、株を買ったものと信じこんでいるから、そのぶん別の証券会社の株を売らねばならなかった。その株が買値より下っているにもかかわらず。

しかし、その夏は私は頭にヒラメキがあると思いこんでいた。その夏、よくカミナリが鳴り大雨が降って、ちょいちょい停電することもあったのだが、私が山小屋の近くを歩いていると、遠くでカミナリがかすかに鳴るのが聞えた。そこで大急ぎで山小屋に行って、

「きっと停電になるぞ。今のうちに懐中電灯を用意しておけ」

と、妻に命じていたら、はたしてカミナリが近づいてきて豪雨となり、たちまち停電となった。その停電はずいぶんと長くつづき、もし私があらかじめ懐中電灯やロー

ソクを用意しておかなかったなら、夕食を食べるにも困ったことであったろう。

そんなことで、私は自分の頭のヒラメキを信じていた。このヒラメキで株をウリカイしたら、今度こそ儲《もう》かると思いこんでいた。

ところが現実は、そんな生易しいものではなかった。夏も終りに近づいてきた一日、私が証券会社に電話していると、向こうはウンともスンとも言わない。

私は激怒して、

「だって、買えっていうんじゃなく、売れっていうんだよ！　売らなきゃ別のところに払うことができないんだよ。おい、聞いてるのか！　そりゃ買えばまた損するからって女房が言ってたんだろ。だが、売るんだよ、このバカ野郎！　売らなきゃどうしようもないんだ。おい、聞いとんのか！　もうすぐ三時になるじゃないか！　どうしてくれるんだ！」

と、電話口で怒鳴っていると、入口に警官が二人立っていて、なにか戸籍調査に来たのだと言った。

しかし、私は必死であった。なんとかして株を売らないことには他の会社の支払いもできぬ。それで凄《すさ》まじい声で怒鳴りつづけたが、相手はやはりウンともスンとも言わぬ。そのまま三時を過ぎてしまった。

私は激怒していたが、気づいてみると大醜態ぶりをお巡りさんに見られてしまったわけである。

そこで慌《あわ》てて、つい今までは狂人のごとくわめいていたのだが、急にニコニコしてお巡りさんたちに挨拶《あいさつ》をした。

その夏、私はどういうわけか人に親切になっていて、郵便屋さんにマンガや週刊誌をどっさりあげたり、山道をわざわざ来てくれて喉《のど》も乾いているだろうと思ったので、キリンレモンを飲ませてあげたりしていた。夏のあいだ、東京の私の家にくる本や雑誌やマンガ雑誌などはこちらに転送されていたので、郵便屋さんも私のところには大量の本などを運んでくるので、申訳ないと思っていたからである。

その警官二人は、一人は軽井沢警察の偉い人で、一人はその部下であった。二人は戸籍調査に来たのだが、その夏、軽井沢ではドロボーにはいられた別荘も幾つかあったことから、親切にもあなたの家ももし何かあったら電話をしてくれと名刺をくれた。

オッチョコチョイで大ソウ病で株の好きな私は、なんとこのお巡りさんにも株をすすめた。これから秋にかけて株はあがるからと言って、幾つかの銘柄《めいがら》を紙に書いてあげた。まして金というものは決してけがらわしいものでなく、モームが「金は第六感だ」と言っていること、またひどい貧民からチャップリンがアメリカで喜劇王となり金持になって、そのおかげで昔はあこがれていた金持や王侯貴族に実際に会ってみると、それほど立派な人間でないことがわかり、「金というものは人間を公平に判断できるようにしてくれる」と言っていたことなどを話した。

しかし、あのお巡りさんが私の言うとおり株を買ったとしたなら、少なくとも今年の初めまでは損をしているはずである。もし、ずっとその株を持ちつづけていればかなり儲かっているだろう。どちらであろうかと、私は今ヒヤヒヤしているのである。

（1986・11・28）

株騒動あれこれ（その十一）

しかし、お巡りさんに株のことを教えて、お互いにニコニコしあって別れたあとは、それどころではなくなってきた。

私の取引きしていた二つの証券会社は、兄や妻や友人たちがきびしく電話をしたため、もう私とは取引きしないと言ってよこした。それで、別の証券会社の電話番号を教えてくれというと、それも教えられぬという。私はカンカンに立腹したが、相手にはそれなりの理由があってのことだったのだろう。

一つの証券会社はもっと無礼であった。私はそこでファナックという株を買っていた。ファナックは工業用ロボットを作るのは日本一の会社で、いかにも株価があがりそうだったし、近いうちに増資があると知っていたからだ。ところが、それはもう十月頃《ごろ》であったが、ファナックの増資の株券がもうできたと思い、電話をして届けてくれと言うと、そのN証券の何とかという男は、もうお宅とは取引きはやめたのだから、会社まで取りに来いと言う。私はそのN証券に迷惑をかけたかもしれないが、いやし

くも客である。私はカンカンに激怒し、妻が電話をしてくれていたのだが、そのうしろで怒鳴りちらした。妻は、

「主人がうしろで怒っていますから、どうぞ届けるようにしてください」

と頼んでいた。

それでようやくN証券はそれを届けてきたが、私はもう完全に頭にきて、N証券とその男の名をはっきりと随筆か何かに書き、N証券会社とその男の信用をメチャメチャにしてやろうとまで思った。しかし、私はその男の名を忘れてしまい、妻はどうしてもその名前を教えてくれなかった。

私はもう一つだけの証券会社と取引きをすることにした。電話番号は自分で調べたのである。それにしても、妻が私に株をやらせまいと必死の努力をしたために、私は私でずいぶんと苦労をしたのである。

今度のソウ病は十二月一杯まではつづくと思っていたのだが、十二月にはいると私はもう元気がなくなり、それどころか急速にウツ病になってしまった。

しかし、その前の十一月三日、わがマンボウ・マブゼ共和国は、その前に比べて大々的に「文華の日」の式典を行なった。わが独立国には、むかしはフミちゃんがいて国民は四人だったが、すこぶる気立てのよかったフミちゃんはまた勉強家で、小学

校の先生になろうとして夜遅くまで勉強していて、すでに先生になって私の家から去っていたので、国民はたった三人となった。そのほか準国民が三人いる。二人はそれぞれ私の文学の研究家で、私は読者には会わぬ主義だったが、二人が学生時代にやってきて、あまりにも熱心に私のすべての資料を集めたりしているのを知り、この二人だけは家に出入りを許していた。もう一人はアメリカ人で、『楡家《にれけ》の人びと』の一部を或《あ》る英語雑誌で訳して一等になった人で、若者むけのやさしい本を講談社文庫で英訳しているが、『船乗りクプクプの冒険』を訳してくれた好青年である。

「文華の日」を行なうにはかなりの費用がかかる。受賞者に与える札やコインは前に作っていたから別に金はかからなかったけれど、準国民たちに、わが独立国の武器行進をさせるときにはなるたけいかめしく見えないといけないと考えたので、私は二人の日本人の準国民にはナチ式の帽子を、アメリカ人には米軍の鉄兜《てつかぶと》を買った。帽子も鉄兜もそれぞれ二万何千円かである。金もないのにそんなことをするのは、やはり私がソウ病で誇大妄想《もうそう》を抱いていた証拠である。

今回の受賞者たちは、それぞれに多彩な人たちであった。

「シーソー賞」はS社の小島嬢で、彼女は三島由紀夫、檀一雄《だんかずお》などの大作家の担当であり、それぞれ名作を書かせて大いに日本文学界に貢献したが、また北杜夫というダメ作家の担当者で下手糞《へたくそ》な小説を書かせ、大いに日本文学界を堕落させ、そのシーソーのような功により受賞者となったのである。

「マンボウ賞」は作家に与えられるもので、前回は井上ひさしさんであったが、このたびは小林信彦《こばやしのぶひこ》さんと決まった。やたらめったらすばらしいユーモア小説を書くと同時に、純文学にまで手を出し、これでは日本文壇はメチャになるという功に対して与えられたものである。

「マブゼ賞」は評論家に与えられるもので、篠田一士《しのだはじめ》さんに決まったが、むかしは長篇出《い》でよと叫ばれていたのに、やがて長篇がぞろぞろ本になるとほとんどの評論家がそれを読みつづけることができずぶっ倒れる中にあって、すべての長篇を読み立派な日本長篇についての本を書き、また小錦《こにしき》がもっと強くなったときこれを倒す唯一《ゆいいつ》の日本人であるために受賞された。篠田さんは大男なのである。

「大悪魔賞」は加賀まりこさんで、これはむかし北杜夫が彼女におれと寝ろと言ったのに対し、彼をなぐり、蹴倒《けたお》し、さんざんな目にあわせ（これはもちろんフィクション）、よって清純作家北杜夫のイメージ・ダウンを防いだ功によるものであった。

「文華勲章」は遠藤周作さんで、彼は江戸時代のおおらかなユーモアを復活し、また素人《しろうと》劇団「樹座《きざ》」をはじめ、ダンス、碁、合唱団、手品使いなどやたらと面妖《めんよう》な会をこしらえ、日本じゅうを混乱させた功によるものである。「文華勲章」は前回は星新一さんであった。実はこの勲章は彼自らがこしらえた。自分の作った勲章を自分で受けて、彼はニコニコニコニコ笑いつづけた。

「非芸術院会員」はちょっと名前を忘れてしまったが、「週刊プレイボーイ」の編集長で、彼はせっかく若者に教えるいい文章を書いているにもかかわらず、その雑誌で多くのエロ写真まがいのグラビアをのせ、若者たちを徒《いたず》らに興奮させた功績により与えられた。

主席である大音痴の私は、マンボウ・マブゼ国歌をせい一杯の声をはりあげて歌いつづけ、観衆を呆然《ぼうぜん》とさせた。

武器行進というのも、わが国家の武器といえば、ルイ王朝時代の弾のでないピストルのイミテイション二つ、掛布から貰《もら》ったバット二本、それからサディストが攻めるときに使う乗馬用の鞭《むち》二本にすぎなかった。

前回はマスコミの取材は許さなかったが、今回はこれが最後とも思われたので、テレビ局が二局きた。式典が終ったあと、庭でピンポンの台の上に飲物や食物やマンボウ国の自家製のタバコの紙で作った自動販売機を置き、園遊会が行なわれた。

受賞者たちは応接間に集まり、他の客は食堂に集まり、また他の客は四畳半の炬燵《こたつ》の上で飲み食いした。このときに飲まれたのはシェリー酒一本、ワイン二十三本、ウイスキーは三本半、ビールはどれだけだか計算もつかない。食物は差し入れもあったが、妻や友人たちが苦労しなければならなかった。
「文華の日」をやるのはなかなか出費である。金にも困っているのに。

（1986・12・12）

株騒動あれこれ（その十二）

年が改まって昭和六十一年となった。私はもはやウツ病であったが、ソウ病のときに買った株はまだ持っていた。しかし、ウツなのでそのままほっておいた。妻はホッとした様子であった。

私はあまり大ウツになってしまうと仕事ができないので、兄のところからウツ病の薬を貰《もら》ってきて飲んでいた。その中には私の知らない新薬もあった。そのためか私のウツはそうひどくはならなかった。

三月頃《ごろ》から、私はまた株のウリカイをおっ始めた。まだウツなので本来の私ならそんなことはやらないはずだったが、新聞などを見ると久方ぶりの大相場になると書いてあったからである。株のことは日経新聞がいちばんくわしい。この新聞は他の新聞より高いので、私はウツのときはとらなかったが、ソウになってまたぞろ株をやりたくなるとこれを購読するのだ。ふつうの新聞には株の出来高が出ていない。出来高の多いのは人気株なのである。

そうやって株をいじくりだすと、もう二回の経験で懲《こ》りているはずなのに、私はまたしても頻繁《ひんぱん》にウリカイするようになってしまった。

なにしろ短波ラジオを聞いていると、「○○が四百十五円、十七円、十九円でイタヨセ」というアナウンサーの早口の声を聞くと、私は進軍ラッパを聞いた軍馬のように勇みたち、どうしてもその株を買ってしまう。そのぶんは他の株を売るのだが、またもや損をしているようであった。

しかし、私は妻が恐《こわ》いので、まあ少しは儲《もう》かっている、まずくいってもトントンくらいだろうと話していた。ところが三月になって税務署に申告しなければならぬときになって、妻が証券会社に電話して調べて貰うと、三百万円ほど損をしていることがわかった。それほど損をしていないのは、昔と比べてもう私の資金は少なかったからである。しかし、妻はカンカンとなった。

或《あ》る日の夕刻、客室でNHKでその日の終り値を小型のラジオで聞いていると、妻がやってきて、

「ほんとに憎らしいったらありゃしない」

と言うが早いか、そのラジオを床に何べんもガシャンと叩《たた》きつけた。

しかし、そのラジオはどういう偶然か壊れなかった。妻は憎らしかったらしいが、

そのときこそ故障しなかったものの、やがてまか不思議にも聞えなくなってしまい、私はプロ野球の実況放送が聞けなくなってしまった。やはり妻の執念は恐るべきものなのである。

私は阪神タイガースの熱狂的なファンである。東京生れなのになぜ阪神ファンとなったかというと、藤村兄を初めとするダイナマイト打線がなんだか私のいた旧制高校のバーバリズムに似ているように思われたし、それに私にはアマノジャク精神がごっそりあったからである。

昔は阪神は万年二位であった。ところがそのあと二度優勝したことはあったけれど、その後はすっかりダメ虎《とら》になってしまって、Bクラスでアップアップしている始末である。それでも私はスポーツ新聞のアンケートに、いつも阪神を首位にあげていた。

私は阪神を応援するときには、いろんな変てこなヨガのポーズをとり、念力を発射して田淵《たぶち》にホームランを打たせたり、江夏に三球三振をやらせたりできたと信じていた。ところが四十年近くも経《た》って、やはりそれが妄想《もうそう》であることがわかった。そんな長年の末に、やっとそれが妄想であると自覚したのは相当なヤブ医者である証拠であろう。

昨年はさすがに妄想が去り、客観的に判断して、アンケートに阪神を三位にあげた。

そのため、阪神タイガースは見事日本一になった。阪神というチームはあまり応援しすぎるとかえって負けてしまう不思議なところがある。今年はまた客観的に判断して、阪神を首位としたら、開幕当時はむざんなものであった。その後立直ったかと思われたが、故障者続出で、むざんにも三位に終った。やはり期待しすぎると駄目《だめ》なのだ。

さて、株の話に戻ると、今年は八月二十日まで大相場がつづいた。私は三月頃、まだかなりの株を持っていて、それをずっと持続していたならばかなりの儲けになったはずだのに、またしてもウリカイをしたものだから、結局はそうならない。

そのうち選挙で自民党が大勝したので株価もあがり、これならと思っていると、ニューヨークのダウが史上最大の下げとなり、同時に日本の株も暴落が始まった。私はもう短波実況を聞かないでいたのだが、その朝はたまたまそれを聞いたので、慌《あわ》てて証券会社に電話をして持株をすぐ売るように頼んだ。ところが十時頃から株は下げしぶりだし、それどころかじりじりと上りはじめた。なにしろ金あまりのため機関投資家などが押目をすかさず買ってくるからである。私も今こそ絶好の買いどきだと思って、証券会社に電話しようとした。

ところが妻は、またしてもその邪魔をする。これほど凄《すさ》まじく妻が立腹したのは初めてのことである。電話機のボッチを押し、電話をかけさせまいと私を押しのけたりするので、私はなかなか証券会社に電話することができなかった。そのため株価は上ってしまっていて、辛《かろ》うじて電話をしたときにはまたしても高値摑《つか》みになってしまった。

そんなことはどうでもよい。それよりも、妻はもう全部の財産を持って出てゆくと言いだした。私に証拠の証書を書けと命令した。その命令というのは、離婚を承知すること、すべての金を妻に与えること、家屋敷もすっかり妻のものとなること、などである。私に残されたのは、わずかに軽井沢の山小屋ひとつだけとなってしまった。

いやはや、私の妻は株で懲《こ》りてはいるものの、まさしく史上最大の悪妻というべきである。私はこのあと、どうやって暮していってよいものかと途方にくれた。

幸い、今日は妻は少し落着いて、まだ離婚しようとしないし、そればかりか買いものにいそいそと出かけてしまった。妻はときどき無駄費《づか》いをする。この前も友達の絵を十万円で買ってしまった。どこにそんなへソクリがあるのか、私にはぜんぜんわからぬことである。私は家族の者がどうやってイワシやサンマを食べて未《いま》だに飢死しないのか、不思議でならないのである。

（1986・12・26）

われヤブ医者

人間というものは大なり小なりエゴイストである。

今、軽井沢の山小屋にいて、毎年感ずる自分のエゴイストぶりについて、ふと思いだした。つまり、今夏を除いて、私は毎年七月下旬から八月一杯、ときには九月上旬まで軽井沢にいるが、これは私がけっこうな避暑地として山にいられるのを幸いと思うのは事実として、決して威張るとかそういう思いは一度も感じたことはない。私は欠点ばかり多い人間ではあるが、かすかな美点として、山形県の僻《へき》村出身の父のつつましい心根だけは受けついでいると確言できるのである。

しかし、その中にも自分中心のエゴがまじっていることは認めなければならない。

たとえば軽井沢に来て、ふつうなら東京より涼しいことに気をよくするのは当然だが、東京の妻の友人から電話があって、

「ところが今年の東京はいやに涼しいのよ。あたしはだから暑くなってからそちらに行くわ」

などという話を聞かされると、あれほど苦労をして荷を作って早々に軽井沢に来てしまったことが悔やまれるのである。

逆に、

「東京は凄く暑いわ。今日は三十三度よ」

などと聞かされると、それよりはずっと涼しい軽井沢にいることが本当に幸福に思えるのである。

やはり私は心の汚ないエゴイストで、他人より自分本位の人間だと、ときたまは反省する。しかし、あくまでも「ときたま」であって、やはり私は下《げ》の人間なのであろう。

ところで、前回で私は軽井沢のことを記したので、今回はその続きを書こう。

民家の一間を借りたのち、私は結婚して小さな一軒家を借りるようになった。

私たちは中軽の小さな貸別荘を借りていたが、今度の家は小さいながらも完全な一軒家であった。

その家にいたとき、浅間山の爆発があった。私たちの家にも小さな瓦礫《がれき》や火山灰が降ってきて、半ば怖く、半ば面白かったことを覚えている。

それはともかく、その夏、妻は体の不調を訴えた。それを私は、

「それは夏負けだろう」

などと言って、ほとんど無視していた。妻もその言葉を信じ、庭でピョンピョン跳んだりして体力の回復に努めた。

それでも妻の体調は治らなかった。私は結核を疑い、胸の検査をさせるよう東京へ帰した。

ところが、それが結核などではなく、正真正銘の妊娠であったのである。「夏負け」などと称していつまでも妻に体操を強《し》いていたりしたら、妻は流産してしまったかも知れない。

私がまさしくヤブ医者だった証拠に、すでにその頃、友人の奥野健男氏が、

「妊娠じゃないのかな」

と推定していたことである。

それは八月のことであった。しかし、私は身重の妻を兄の家にあずけたまま、その年の十一月から翌年二月まで、ポリネシアの島々をめぐる取材旅行に出かけねばならなかった。おそらく妻はずいぶんと心細かったことであろう。

それなのに私は、まだ若かったから、タヒチ、フィジー、ニューカレドニアなどの旅に夢中になっていた。ときどき、原住民のほんの幼い子を見るとき、やがて生れて

くるわが子はどんな様子であるかは考えた。しかし、その頃の私はかなり非情な作家で、自分の子よりフィジー人の子供の槍踊りなどをもっと真剣にノートにとったり、写真にとったりしていた。

娘の誕生は四月であった。つまり、帰国してから二ヶ月の余が経っていた。

このときも私は大失敗をした。妻の腹痛を陣痛だと診断できなかったのである。宮脇俊三さんのお母様から、

「そりゃ陣痛ですよ。すぐハイヤーをお呼びなさい」

と言われ、私はそれをしたと同時に、徳利《とっくり》に酒を入れてお燗《かん》をした。つまり、一杯飲まないと駄目なくらい、私は動転していたのである。それに加えて、ウイスキーの小びんをかかえて、私は妻と慶応病院へ向った。

以前、なだいなだ氏は自分の子が生れるのを見学したそうである。それで、私も自分も医者である以上、分娩室でそれを見とどけねばならぬかと思った。

ところが、その産婦人科の医者は、

「父が医者であっても、べつにそんなことありませんよ」

と言うので、外で待った。

看護婦さんの話によると、妻を病院にかつぎこんだのは夜早くだったが、おそらく

分娩は朝になるという。それで、私は近くにある兄の医院へ行き、しばらく仮眠した。

そして、そのように私がヤブ医者ぶりを発揮した娘は今は二十六歳となり、初冬には結婚することになった。

妻の入院中、私は新人賞をとったあとなので注文も多く、だがそのほとんどを断っていた。

なぜなら今はキングコングより強い妻は、その当時はさすがに心細くなっていたらしく、

「あなた、またお見舞いにきてね」

などと言ったのである。

私は仕事もあらかた断って、かなりの頻度で見舞いに行った。だが、心の一隅では、

「作家というものは、家族より自分の仕事を大切にせにゃならない。それに、たかが天然自然のお産じゃないか。こんなことでは、おれも一流の作家になれんなあ」

などと思ったことは事実である。

それはともあれ、私はヤブ医者であった。場合によっては妻を危険な境地にも陥《おとしい》れかねなかったのだから。

近年になっても、妻は医学について私に質問する。それにほとんど私は答えられな

い。妻はあきれて、

「あなたって、それでもほんとに医師免状をもっているの？」

と言う。

しかし、私は娘が幼児の頃、おそらく流感にかかって高熱を発したとき、彼女が言ったことを今もはっきり覚えている。

「ママ、大丈夫よ。だってパパはお医者だもの。ユカ、すぐに癒《なお》るわ」

と。私を医者と認めてくれたのは、ひょっとするとわが娘一人かも知れない。

（1988・11・11）

ボロ別荘の思い出

昔、私の山小屋は旧軽井沢の奥にあった。

なにせ大正時代の建物だから、それこそオンボロ小屋である。建ててから五十年以上も経《た》っているから、床も壁もじっとりと湿っている。

しかし、私は自然が好きだし、モダンな別荘より、この苔《こけ》むしたボロ小屋が気に入った。他にこれほど古い家は滅多になかったろう。それに外人の宣教師が建てたものだから、家全体の構造だの調度などが変っていた。

小さな台所は日本風だが、その隣の居間は三十畳くらいもあった。ここに食卓があり、更に石造りの暖炉があった。

二階は四室あったが、外人が作っただけあって、各室に洗面台があった。

こう書くと素敵な豪邸のように思われるだろうが、トイレはどういうものかひどく小さく、また風呂は昔流の木の風呂桶で、木を燃すようになっていた。

更に二階の部屋には鉄製のベッドがあったが、その上のマットは湿って腐りかけていた。私たちはさすがにその馬の毛のはいったマットを捨て、新しく買わねばならなかった。

いちばん驚いたのは、二階のちょっとしたベランダに、まるでドラキュラのはいるような箱があったことである。内部はからで、ブリキが貼ってあった。この辺りは軽井沢じゅうでもいちばん涼しいのだが、その代り湿気がひどかった。おそらくこのドラキュラの住む木箱にしても、ふだん布団をしまうために置いてあったのであろう。これも気味がわるいので、人を頼んで捨てて貰った。

とにかく初めてその家に移った夏は、何年という湿気や埃《ほこり》をとり除くだけで、一夏過ぎてしまったように思う。

とはいえ、いくら大正時代の建物にしろ、あまりに朽ちかけていたのには理由がある。家というものは人が住んでいれば意外に保《も》つものである。ところが、その宣教師のあとに某作家が住みこんだ。奥さんが軽井沢が好きだったからである。しかし彼女は亡くなり、その作家は軽井沢が嫌いであったから、おそらく二十年くらいもその家に来ず、ほっぽっておいたのだろう。

あの化物屋敷のような、あまりに湿気の多い、私から言わせれば天然記念物のような建物はそのような経過を経て私の手にはいったのである。

いくらオンボロ小屋でも、私が気に入ったからにはそれでよいのだが、さすがに老朽の家だからベランダの上などをうっかり歩くと、ボコッと板を踏みぬくこともあった。

なによりも困ったのは、なにせ旧軽井沢の奥地で、道も狭く、私の家に通ずる道はもっと狭いうえに石のまじったデコボコ道で、家の庭まで車がはいれないことであった。軽井沢で車を置けない家となれば、その機能は半減してしまう。

幸い、隣りにいすゞ自動車の寮があった。その寮には社の偉い人が週末に泊ってゴルフをして帰るのだが、ふだんはかなり広いその庭の駐車場もがらんとしていた。私はその寮の管理人の老夫妻に、なんとかして車を置かせて貰えぬだろうかと頼んだ。その老夫妻はまことに親切な人であった。やはり責任上、本社の意向も尋ねなければならなかったが、結局は快く駐車場を借りることができた。もちろん無料である。それればかりか、その老夫妻は客のいないとき、私たちを呼んで御馳走してくれたりした。

いすゞ自動車の寮の庭は、まことに見事な苔が生えていた。一方、私の家の庭は草ぼうぼうである。その双方とも、私の好みにあった。それで、私は見事に手入れされた庭と、野性的な乱雑な庭とを、一軒の家にいながら、双方とも愉しむことができた。

管理人のお爺さんは、昔、ブラジル移民を志した人である。しかし、結局はブラジルへ行けなくて、ただ日本人ブラジル移民七十周年にブラジルに行き、むかしの友達と会うことができた。

お爺さんの話によると、とにかくブラジルのサントス港（ここは移民船がずっと着いたところだ）から日本人街もあるサンパウロ市へ行くと、花火はあがり、街路はワアワアという歓声である。彼はブラジル人が日系人の祝日をかくもめでたく思ってくれるのかと感動した。

ブラジルは人種の坩堝《るつぼ》である。ここには世界各国の人種が住んでいるが、この国ほど人種差別の少ない国はないであろう。

しかし、お爺さん――伊勢崎さんというお名前である――の感想は、少しく違っていた。つまり、ブラジルはサッカーの国である。そのワールド・カップの試合がその日行われていたからだ。

そのサッカー熱はまさしく狂熱的である。私もブラジル移民の長篇『輝ける碧き空の下で』を書くため、二度ブラジルを訪れ、その実態に少し触れたことがある。一度はサントスでのちゃちな田舎チームの試合だったが、その応援団の物凄さにあきれたものであった。もう一度は遺跡から汽車で戻ってきて、中国料理店にはいったが、この夜はやはりワールド・カップの試合が行われており、ボーイもコックもそっちのほうに夢中になっており、注文した料理はいつになっても出てこないのであった。日本人移民は今年で八十年になり、日本人はピメンタ（胡椒）、ジュートその他、ブラジル国に貢献もしたが、一方敗戦後に情報もない邦人間にデマばかりが流れ、勝組、負組と日本人間でも対立し、流血の惨事までが行われている。

大らかなブラジル人はもうその嫌な過去の記憶も忘れてくれているであろう。しかし、初め伊勢崎さんが感激したサンパウロ市の市民のあげた大歓声は、やはり日本人移民七十年祭を祝ってくれるよりも、ワールド・カップのサッカーの試合にあげられたものであった。

私は『輝ける碧き空の下で』を、初め三部作にしようと考えていた。つまり、第一部は貧しいがゆえに遠く地球の裏側にあるブラジルに渡り、二、三年で「黄金の木」コーヒーの採取により、成金となって日本へ帰る夢を描いた日本人とその悲惨な挫折の姿、第二部はようやく日本人社会も安定して成功者も出るが、やがて日米開戦となり、日本人が敵国人として弾圧され、最後には「勝組」「負組」の争いとなって長いブラジル移民史に汚点を残す姿、第三部はようやくそのようなみじめな邦人社会から脱して、ついに七十周年記念を迎える姿を書くつもりで、伊勢崎さんから七十周年の新聞をお借りしたものである。

だが、私は第二部までしか書かなかった。

そのほうが内地の日本人以上に忠君愛国の精神を持っていた（これは良くも悪《あ》しくも）日本人の内情を伝えられると思ったからである。それでもこの小説は二千六百枚となった。私の生涯でこれほど長い小説を書くことは二度とあるまい。

（1988・12・9）

娘の結婚（その一）

一人娘がとうとう結婚することになった。

私の娘だからむろんバカ娘だが、中学時代からバスケット・ボール、テニス、スキーなど運動だけはしていたから、細身のくせにけっこうバカ力だけはある。高校生になった頃には、角力《すもう》をとっても私が負けるようになった。

今の学生はずいぶんとアルバイトをする。娘もいろんなアルバイトをやった。ちょっと変っているのでは、あまり暴力的でないヨット・スクールの子供たちの世話である。そのときは午前四時起きなので参ったそうだが、体だけは丈夫なのでなんとか一夏やりとおした。

また運転免許証をとってからは、六本木のある駐車場のアルバイトをやった。これは深夜までやるので、私は心配もしたが、同じ大学の男子学生達が一緒にやっていたので、これもかなり長くやらせた。

あるスキー場のロッジで、一冬ペンションのアルバイトもやった。炊事をはじめ雑用である。しかし、閑《ひま》なときにはスキーができるので、娘は喜んでいた。

そんなふうにアルバイトをするのはよいことだが、その代りちっとも勉強しない。稼いだ金もみんなコンパ代にしてしまった。

大学を奇蹟的に卒業し、昔なら一通りの花嫁修業をさせるべきところだが、娘も就職したがったし、私も人間は若いうちは苦労すべきだという亡き母の言葉も思いだして、好きなようにさせていた。

初め娘は日航のスチュワーデス志望であった。ＪＡＬのスチュワーデスは昔は大変な良い就職口として、若い女性のあこがれだった時代もある。

娘は夕食のときなど、その真似をして、私にむかい、

「お客さま、何か御用がおありでしょうか」

などと尋ねる。

私はスチュワーデスという職業がどんなに大変かを知っているので、

「じゃ、ねえちゃん、酒を一杯持ってきてくれねえか」

などと言い、娘は大いにそれを怒った。

そのうち、そういう大会社の入社は大変な競争だということを娘は知り、

「パパ、あたしの友達はみんなコネを頼んでいるよ。パパみたいに何にもしてくれな

い親はいないみたいだよ」

などと言うようになった。

何とか娘は一次試験に合格した。しかし、そのあと、健康診断で背骨のレントゲンを撮ると、背骨に少し不安のあることがわかり、私はスチュワーデスの激務には無理だろうと思って、ＪＡＬをあきらめさせた。

その後、何十社も回り、結局、娘はサントリーに入社した。広報部に配属され、残業が多かった。

それでも、親バカの私は、娘が残業で夜の十一時、十二時に帰ってくるのをけなげだと思った。

私が夜半に仕事をして、そのあとベッドにもぐり、結局朝まで眠れずにうとうとしていると、早朝に娘が起きて雨戸を開ける音が聞えてくる。娘は一人で食事をし、弁当を作り（オカズだけ前の夜に女房が作ってやっている）、それから家の中はひっそりとし、娘が出勤をしたことがわかる。そんな時間には、わが女房はまだ寝ているのである。

私はモウロウとした意識の中で、娘の出勤にも起きてこぬ女房に腹を立て、娘のことを、

「けなげ、けなげ」

などとずっと思ってきた。（何たる親バカか）

そのようにして、四年が経《た》った。

周りの友達が次々結婚し、私も一人娘の父親ならもっと心配してもよさそうなものなのに、一切ほったらかしていた。

すると、このたび娘を貰ってくれるようになる青年と、去年の夏頃から交際を始めていて、いつになく長続きするように思われた。

娘はときどきその青年のことを語った。アートディレクターをしている「わがままK」と渾名《あだな》のある青年だそうである。そして、今年の四月頃には、本当に彼と結婚する気になったとも言う。

一人娘の父親である私は、当然その青年に何回か会い、彼の人柄を確かめるべきである。

しかし、二月に大腸のポリープの手術をした私は、その後ずっと体調がわるく、彼を家へ呼ぶ気力がなかなか起らなかった。

ようやく五月半ば、彼が家にやってきた。

私は二人が好きあっていればそれでいいと思い、小柄だが好青年と直感的に思われ

た彼に、ほとんど即座に、

「娘を貰ってくれるなら有難い」

という意を言ったと思う。

彼の記憶によると、その晩、巨人―阪神戦の試合があり、まずいことに阪神が負けた。

「それで、おそるおそるうかがったところが、引出物は何にしますか、と言われホッとしました」

ということだった。

『週刊新潮』に、「結婚」という欄があり、私はずっと新潮社の世話になっていたから、頼まれてその欄の取材を許した。

すると、それを読んだ娘とは関係のない作家の方などが花を送ってくれたり、それはそれで私はまた神経を悩ませなければならなかった。

いくら、当人同士にまかせてほっておいたつもりでも、私はやはりエリザベス・テーラーの出た「花嫁の父」になるのである。

私は近頃の結婚式で、花嫁がお色直しを二回もしたり、半ばショーがかっていることに抵抗がある。それも親がかりの金で。

幸い、二人は仲人もおかず、お色直しは一回もせぬということに同意してくれた。

ところが、そんなことも今の世では珍しいことらしい。テレビ局から電話があり、遠藤周作さんの息子さんの結婚式のときの、阿川弘之さんのスピーチはたいへん面白かった、それに今の時代にお色直しもしない結婚式はすてきだから、番組にくませて貰いたいという。向うでは、遠藤さんや阿川さんのスピーチは面白いだろうから番組にしたいのだろう。しかし、私の娘も新郎も芸能人ではない。そんなみっともないことはできない。

とにかく「花嫁の父」は、いろんなことでさまざまにストレスを受けている。

（1989・1・6）

娘の結婚（その二）

娘たちは渋谷の教会で式を挙げるので、娘は一夕、そこで結婚式の練習に私も出てくれと言った。

しかし、たびたび書いたように私はずっと体調がわるい。おまけに風邪まで引いたらしく、七度五、六分の熱がずっと続いていた。昔はそのくらいの熱では大したことがなかったのに、今までの生涯になかったほどだるく疲れてかなわない。

それで私は、

「パパは重病だ。なあに、ただお前を連れて祭壇まで歩きゃあいいんだろ」

と断わったが、娘は、

「だってパパは不器用のうえに、ずっと散歩ひとつしてないじゃない。それにその日はママやあたしはずっと早く家を出るから、あとでパパ一人で来なくちゃならないのよ。教会に着いてもパパはきっとどこへ行ったらいいかマゴマゴしちゃうよ」

口を極めてそう言うので、私も思いきって、一日教会へ行った。

牧師さんが、新郎新婦に当日の手順を一々教えている。また、二人の介添人にもやり方を教える。

そのあと、牧師さんの奥さまが、

「一度、練習されたほうがいいでしょう」

とおっしゃるので、テープ・レコーダーの結婚行進曲にあわせ、娘の手をとって歩行の練習をする。

娘の介添人はクミという大学時代からの友人で、とうに結婚してすでに母親なのだが、ほがらかな優しい子である。彼女が私たちの前を歩くのだが、

「おじちゃま、あたしの歩く足のとおりにすればいいのよ」

と言ってくれたので、よほどホッとした。

確かに、練習に来てよかった。音痴の私は音楽のリズムに合せるのがむずかしいし、頭もこんがらがって、次には右足、それとも左足から出たものかよく分らなかったからである。

あとで娘が言っていた。

「大体、父親は花嫁を支えるべきなのに、パパったら、ふらついたり、あたしに寄りかかったり、半分あたしが支えていたのよ」

さて、結婚式の当日がきた。

その頃、むろん夕方に起きる習慣だったが、その日は午《ひる》には起きねばならぬと言われていた。それなのに、なんと朝八時前に目覚めてしまった。そのあと、午まで寝ようと努めたが、結局眠りにつけぬ。娘の結婚などはどうでもいいやと無理して考えていたのだが、やはり昂奮していたとしか思われぬ。

仕方なく午に起き、妻や娘たちはとうに美容院へ行っていたが（常々思うことだが、まあ結婚式はともかく、世の女たちは何かにつけ美容院へ行くことには腹が立つ）、むかし私の家にいたお手伝いさんのナナちゃんが待っていて、私のタキシードの着付をしてくれた。

私は自分の結婚式のときは借着ですましたし、タキシードを作ったのは五十歳に近い頃である。それも母や阿川弘之さんたちとクイーン・エリザベス二世号でハワイへ行くため、やむを得ぬことであった。

このタキシードという奴、不器用な私には癇癪《かんしゃく》を起させるだけの代物《しろもの》であった。Yシャツから特別のもので、ふだんカフス・ボタンなど一度もせぬ私もそれをつけねばならず、胸の上のほうもボタンでなく変てこなものをはさまねばならず、蝶ネクタイも自分でやってはとても無理で、私は老いた母に手伝って貰い、ようやく夕食の席へ出られたものであった。

このたびも、そのとき苦労した体験から、わざわざナナちゃんを呼んであったのである。

ナナちゃんは器用に、なんだか嫌に簡単に私にタキシード一式を着せてくれた。もっともこれは彼女が器用であるというよりも、私が不器用このうえない人間であるからかも知れぬ。

だが、このタキシードという奴、シャツの上からまるで胴巻のようなカマンベルトとかいう奴もつけねばならぬ。私はいざトイレに行ったとき、これらのけしからぬサスペンダーだのカマンベルトなどを外して、果して無事にオシッコができ、またそれらをうまく装着できるかどうか、幾度か練習してみた。

昼食は天ぷら蕎麦をとって食べた。

不安感と猜疑《さいぎ》と疲労がもうつのってきて、果してこれから教会で無事に勤めを果し、そのあとホテルの披露宴の最後まで立っていられるかどうか自信がなかった。

それでも、もはや時間であったから、ナナちゃんと一緒に教会へ向った。

新婦の控え室へ入って、娘を見た。ウェディング・ドレスを着て椅子に坐っている

娘は、むろん美女ではないが、ドキリとするほど可愛く見えた。ただそのドレスの裾はずいぶんと広く、あれを踏まずに手を組んで歩くことができるかしらんとまた不安になった。

教会の式には、二人のごく親しい親類、友人しか呼ばないはずであった。

それでも、いざその時間になって、クミを先頭に階上へ登って行ったら、大きくはない教会ではあるものの、なんだか人で一杯であるようだった。のちに牧師さんの話でも、これほど人が集まった結婚式は珍しいとのことである。

しかし、そんなことより、私にはウェディング・マーチに合せて、花嫁を連れてゆくという大役がある。おまけに睡眠不足でもはやフラフラしている。

クミが歩を運ぶその足先ばかりを見て、私は娘と手を組んで歩いた。右、左と間違えないように歩くだけでせい一杯で、感傷もヘチマもなかった。

途中、ライトが私たちに向けられたことはわかった。テレビや雑誌の取材はむろんみんな断わったが、記念のためビデオの撮影は頼んであるので、ははあ、今撮ってやがるな、ということはわかった。それで少しは正面を向いて堂々と歩こうかともチラと思ったが、そうするとクミの足どりが見えなくなってしまうので、私は最後までうつむいたままでいた。

讃美歌というものは良いものである。しかし、私はむろんそれを知らぬから、口も開けずにいた。

それから、壇上の二人を見あげた。娘も一緒に唄っていたが、その目つきが、なんだか泣いているように見えた。

そのとたん、それまで娘が結婚すると決ってからも、一度も味わわなかったなんともいえぬ感情が私を捕え、私は一瞬、両眼に涙が溢れるのを感じた。

それ以上、涙が出ようとするのを私は必死にこらえた。

（1989・1・20）

娘の結婚（その三）

ようやく、娘の結婚式、披露宴を無事に済ませた。体調がわるく、発熱までしていた私も、最後になんとかスピーチをして、「花嫁の父」としての務めを果すことができた。

披露宴のことなどは他の箇所に書いたので省略する。

そのあと、客たちを花婿、花嫁、親類たちが並んで立って、お辞儀をし、見送らねばならぬ。この披露宴には、二人を知りもせぬいわゆるお偉方たちは一人も招《よ》ばなかったから、みんなひとことふたこと、或いはもっと長く挨拶してゆくので、かえって時間がかかった。

その間、私はなんとか倒れもせず、ちゃんと立っていて、ペコペコ頭を下げ、「有難うございました」を繰返し、なんとか笑顔を見せようと努めた。

娘を小さい頃から知っている先輩たち、遠藤周作さん、阿川弘之さん（この二人は満座を笑わせるうまいスピーチをしてくださった）、辻邦生さん、矢代静一《やしろせいいち》さん、宮脇俊三さんなどのそれぞれ御夫妻たちが、一人娘を嫁にやった私を慰めてやろうと、その間ずっと待っておられて、あとでバーで飲んだ。

そして、披露宴が垢《あか》ぬけていたと、しきりに讃《ほ》めてくれた。なかんずく、仲人もおかなかったこと、お色直しもしなかったこと（二人は一時中座したが、娘は単にウェディング・ドレスの頭にかぶせるヴェールをとってきたにすぎなかった）、その間、客たちは席を移してカーテンで仕切ってある次の間で、ケーキや果物や酒などを立食したのだが、これは自分の席にいぬ他の客たちとも談笑できたので、なかなか好評であった。

もっとも、彼らが「よかった、よかった」と讃めてくれるのも、みんな私に同情してくれ慰めようとする優しい心根からであったろう。事実、食欲がなくてほとんど食事、それも私だけ和食にして貰ったのだが、それもわずかに食べただけの私は、このバーでのアルコールによってずいぶんと元気になった。これら先輩たちの誘いがなく、そのまま女房と二人で自宅へ帰ったなら、おそらくずいぶんと寂しかったろう。

その証拠に、遅くなってみんなが帰ってしまうとき、私は阿川さんを摑《つか》まえ、

「阿川さんくらい、もう一杯つきあってください」

などと頼んだのである。瞬間湯わかし器と渾名《あだな》のある、せっかちで怒りっぽい、だ

が後輩の私には一度も怒鳴ったりしないこの先輩は、親切にももう少しいてくれた。そのあと、私と女房は新郎たちの部屋をちょっと覗いてみた。新郎も二次会で友人たちと飲んでいて、ようやく部屋に戻ったということがわかったからである。見ると、若い二人にはもったいないほどの立派な部屋である。机の上の花束などの他に、辻邦生夫妻がわざわざ部屋に送ってくれた実に可愛らしい造り物の果物なども置いてある。

余談になるが、友人の結婚の贈り物などはザックバランに尋ねて二人の希望の品にするか、むしろキャッシュがいちばんいいと思う。つまり、皿とか花瓶とか一般の物を贈っても、それらがダブったり、或いは二人の好みにあわなかったりして、無駄になってしまうケースがかなり多いからだ。

辻さんは、この心のこもった可愛い部屋への贈り物の他に、キャッシュもずいぶんとくれた。あとで娘からその額を聞いた私は、それが多額にすぎたので、電話をかけ、

「あんまり多すぎるよ。そんなことをすると、辻先生、あなたはもうKへ食べに行かれなくなるんじゃない？」

と言った。Kというのは辻さんの御贔屓《ひいき》の最高級の鮨屋のことである。すると辻さんは笑って、こう言った。

「大丈夫、ぼくは君のように株をやらないから」

私がかつて株によって破産しかけたり、借金ばかりしたことは、読者もご存知だろう。

ともあれ、私と女房は、午前二時半頃家へ戻ってきた。おそらく熱が高くなっているだろうと体温計をはさんだら、なんと平熱に近かった。私はずっと続いていた熱を、一人娘を嫁にやる父親のストレスによる神経熱とも思って女房と笑いあったものだが、翌日から熱はまた昇るようになってしまった。


娘たちの新婚旅行先はタヒチであった。タヒチ本島というより、その近海にある小さな島、モーレア島とボラボラ島であった。

私はタヒチには二度行っている。初めは昭和三十六年、まだ日本人は人類学者くらいしか行かぬ、まだタヒチがのんびりと駘蕩《たいとう》としていた頃。その年の四月に私は結婚し、その十二月に娘がお腹の中にいた女房をおいて、南太平洋の島々への旅に出発してしまったので、のちに女房はずいぶん心細かったと私をなじった。このとき、私はモーレア島へポンポン船で渡った。

それから十何年経《た》って、もはやタヒチの首都パペーテは車のラッシュであまりに俗化した時代に行ったときは、ボラボラ島へ飛行機で行った。このときはカメラマンも一緒であった。ボラボラ島では、日本人の団体客がずいぶんとおり、その中には新婚さんも三組ほどまじっていた。ホテルには、「氷《こおり》」などと日本語で書かれたアイス・ボックスが置かれていたりした。

私は二人が旅発つまえ、もう以前のタヒチとはまたずいぶん変っていようが、タヒチではノー・チップが本来のこと、しかしタクシーなどは暴利をふっかけるからなどと、昔の知識を教えておいた。そして、これは昔の本で現在には参考にはならぬが、それでも南太平洋の島々の発見史なども書いてあるからと、『南太平洋ひる寝旅』という文庫本を娘に渡した。彼女が、

「向こうに着いたら電話する」

と言うので、

「電話なんかかけるな。そんな金あったら、少しでも有益に使え」

と声高に言った。娘はどうせコレクト・コールでかけてくるとは思いつつ。

それに、そう言っておいても、どうせ娘は電話してくるものと思っていた。それなのに、三日経ち、四日経っても一向にそんな気配はない。

私はついに女房に、

「なんでユカは電話をかけてこないんだ」

「だって、あなたがあれほど電話なんかするなとおっしゃったからよ」

「それはそうだが、しかしユカは、電話をしたがる女なんだ」

私はもしや飛行機が落ちたのではないか、などとあらぬ妄想をして過した。ノホホンと平気でいるような女房に腹を立てた。

ついに、電話は一度もなかった。しかし、二人が帰国する前日、モーレア島からの二人の寄せ書きのハガキが着いた。私はやっとホッと安堵した。


（1989・2・3）

娘の結婚（その四）

娘たちからの絵ハガキの文は、こんなものであった。

「パパ、ママ、お元気ですか。（私はちっとも元気じゃないのに、なんという娘だろう）パパの本を読みながら、やっとモーレアに到着。キングコングが住んでいるような山々と、美しい海の世界。毎日スノーケリングを楽しんでいます。Kさんは（結婚してなお姓をさんづけで呼ぶとは娘も少し変っている）結婚式の思い出ばかりをしゃべっていて、おかしいです。こんな遠くによくパパが来たことびっくりしました。（バカ！　おれ様はカラコルム登山隊にも参加したのだぞ）今度、皆で一緒にこようね。ユカ。（バカ、お父さんはもう死ぬ間際で飛行機なんぞに乗れないのだぞ）」

新郎の寄せ書き。

「タヒチは星がとってもきれいですが、私が海でおぼれていても、ユカは助けに来てくれません」

自分から電話などするなと言っておいて、そのくせちっとも電話がこないのに、心配もし、少し腹を立てていた私も、このたわいもない絵ハガキを受けとって、ようやく安心した。

もっとも、私が初めて行った頃のモーレア島には、海水浴場とてなかった。まして、スノーケルなどという近代器具もなかった。ただ、日本人はもとより私一人きりで、日本へ行ったことのある、或いは近々日本を訪れる計画のある欧米人たちに囲まれ、京都や日光などの質問をザワザワと受け、その頃私は京都には一度しか行ったことがないし、日光はぜんぜん知らないし、実に参ったことの記憶を甦《よみがえ》らせた。

それよりも、そのハガキが到着した次の日には、もう二人は帰国してくるのである。私は、観光客が行くタヒチのホテルでは、わざと現地のウム料理などを出し、それがタロ芋をはじめあまり美味でないことを思いだした。

私は妻に言った。

「二人は、明日、何時に日本に着くんだ？」

「午後……。とにかく夕方には東京に帰って、多分夕食には家にくるでしょう」

「それなら、鮨をとってやらんか？　二人ともきっと鮨を食べたくなっている頃だろうから」

なんとなれば、新郎はもともと私の家の近くのアパートに住んでいた。そして、彼が行動力もある証拠ともいえようが、あちこちの二人用のアパートを捜し、結婚前に見つけだしたそのアパートは、更に私の家に近く、車で行けば五分、もっと正確にいえばそれは一方通行の道のせいで、歩けば四分のところであったのである。

しかし、妻は新郎は外食が多いから、かえって家庭料理のようなものがいいでしょうと、もっと粗末な料理を作った模様であった。

かなり遅く二人がやってきたが、食欲の丸きりない私にはべつに苦痛ではなかった。娘は日に焼けたことを気に病んでいるようだった。私は生っ白い肌より、ずっとポリネシア人のように褐色の肌が好きなのだが。

新郎はしばらく前から、私のことを「お父さん」と呼ぶようになっていた。これはなんでか知らないが義父にとって、よいわるいは別として、なんともいえぬ心情をかもしだす言葉である。

私のほうは、相変らず彼のことを「Kさん」と呼んでいる。これもなんだか変だから、いずれ適当な呼名を考えようとしている。

彼は、私が話してやった昔のタヒチのばかでかい高額紙幣は今はなく、ふつうの大きさの札に変ってしまったと言った。昔のイタリアの札もばかでかかったが、とうに米ドルくらいの大きさになっている。時が流れたのだ。

「それなら、少し持って帰ればよかったですね。空港で買物して、ちょうど使いきってしまいました」

と、新郎、Kさん、或いは何と呼んでいいかよくわからぬ青年が言った。

アパートが近いせいで、娘はよく家へやってくる。先日私が例のとおり寝ていると、夕方、足音が聞えた。私はそれを妻の足音と思った。もっと寝ていたいのに、癪《しゃく》な女房だと思った。ところが、それは娘であった。私がまだ眠いからと起きないでいると、娘は私の顔に頬ずりし、

「ママ、まだ帰らないの？　じゃあユカ、これで帰るわ」

と言って、そのまま寝室から去って行った。

実は仙台の親類から生ガキが届いたので、妻は娘に少し持ってゆくよう電話したらしいのである。

ところが娘は、生ガキばかりでなく、冷蔵庫をあさって、生ハム、ナメコ、ミツバ、トマト、塩鮭、あまつさえ味噌からはては一リットル入りのウーロン茶まで持って行ってしまっていた。もっとも、妻あてにそのリストを克明に書き、「ママ、申訳ないけどこれだけ頂いて行きます」というメモを残していたけれど。

のちに、その母親は大いに憤慨した。或いは怒ったふりを見せた。

「あの生ハムは、お歳暮に頂いてあたしも一口も食べていないのよ。少し返してと言おうかしら。それに、ウーロン茶なんて、ユカのアパートのすぐそばのスーパーで買えば、あんなもの持ってくよりよっぽど楽でしょ」

私もいくらか立腹した。いくらなんでも、私の寝ざめのときに飲むウーロン茶まで持って行ってしまうなんて。

もっとも、私たちが娘をすぐ就職させ、世間一般の花嫁修業など一切させなかったこともいけなかったかも知れぬ。

花婿は一度、サンマの焼いたのを食べたいと言った。ところが、わが娘はサンマの焼き方さえ心得ていなかった。

つい二、三日前も、娘は（未だに会社に勤めていて、共働きである）夕食の魚をどう買ってよいかわからず、

「わたし、つい一週間前に結婚したばかりで、何もわからないのです。どんな魚にしたらよいのでしょうか？」

などと訊《き》いたそうである。

また、

「アパート代を払うと、あたしたちの食費、一日何百何十円しか使えないんですって」

と報告したこともある。これに対して、私は今後、どのような対策を講じたらよいのか。

そんなこととかかわりなく、昨日になって、彼女たちからのボラボラ島からののんびりした絵ハガキが着いた。

「……パパの好きなタヒチ人はこんな人かなと思って、このカードにしました。ボラボラはおもしろいです。サメやイルカも見ました。スノーケルですごい熱帯魚の大群や、エイも見たよ」

新郎の寄せ書き。

「東京に帰ったら、赤堤（彼らのアパート）の家よりも先に松原の家に帰ると言ってますが、どうしましょうか」

（1989・2・17）

楡家の通り

或る日、妻が言った。

「あなたの生れた青山の家の通りが、楡家《にれけ》の通りと呼ばれているそうよ」

私は一体何のことだ？　といぶかった。

確かに祖父の時代からそこには青山脳病院があったし、その三代にわたる一族の人々の生きざま、その背景となる明治、大正、昭和の時代を私は『楡家の人びと』という長篇に書いた。この小説は私のものの中でいちばん評価の高かったもので、文学好きな人なら名前くらい知っているだろう。

しかし、病院も自宅も昭和二十年五月二十五日の空襲で全焼した。父は山形へ疎開し、家族の者も戦争へ行ったり、地方の学校へ行ったりして散り散りになった。戦後ようやく西荻窪に裏長屋のような家を兄が見つけ、次に世田谷代田《だいた》のかなりマシな家に移り、そこに父も帰省した。

その当時、青山は復興が遅れ、私の家の焼跡の付近などには未だにトタン板のバラック小屋があったりして、一面焼野原となった空襲の跡を示していた。

兄が開業するため、先頃まで医院を開いていた四谷の土地を買うとき、代田の家も青山の土地も売った。

それからすでに何十年という時が経ち、青山はもうとうに昔の記憶の残っているのみで、父の墓のある青山墓地をのぞいて私の家とはまったく関係ない。

だが、すぐに青山は繁栄して行った。

私の子供の頃は大きな野原が三つもあり、閑静な屋敷町といった感じの青山五丁目の辺りにも、どんどん大きなマンションなどの建物ができるようになった。


　その頃のことである。私の文学の研究者である前田君という一青年が、昔の青山にどんな家があったか、また一部町名も変った現在の青山の家々を調査して、二枚の地図として持ってきた。そして斎藤家の煉瓦塀《れんがべい》の一部がまだ残っている箇所があると教えてくれた。

　その煉瓦塀は祖父時代からのものである。震災でかなり崩壊したが、それを直して父の時代も同じ塀であった。

　行ってみると、会社のアパートか何かを建てているところで、しかし懐しい煉瓦塀がまだ数メートル残っていた。私はいかにも懐しいその煉瓦を買うか貰ってきて、自分の家の門か何かに使おうと思った。ところが、おそらくウツ病か何かで寝こんでいるうちに、その煉瓦塀はなくなってしまった。

兄は兄で、同じ頃自分でその煉瓦塀を発見した。それで工事監督の人に頼み、塀をこわすとき引きとらせて貰うよう頼んだ。監督は快く、そのときは連絡しますと言ってくれた。しかし、兄もまた大切な煉瓦塀を手に入れることができなかった。その監督が亡くなってしまい、そんな約束を知らぬ次の監督が無用な煉瓦塀など壊して捨ててしまったからである。

とにかく青山と私の家との関係は、まずこの煉瓦塀のことくらいを除いて、まったく無かったのである。限りのない幼少期からの思い出こそ強く残ってはいたが。

それが、何で今ごろ「楡家の通り」などという名称が現われたのか。

じきにその原因が判明した。近頃は都市で人々が集まる街ガイドの雑誌がずいぶんとある。その中の、「Ｈａｎａｋｏ」という雑誌がかなり読まれており、その雑誌を買った妻の友人が妻にくれたからである。

見ると、表紙のトップに、

「南青山『楡家の通り』を徹底初公表」

とある。

驚いてページをくると、

「豪奢で、新しくて、もう日本じゃない！」

などという活字がある。私の記憶する青山は決してそんなものではなかった。むしろその逆の、どことなく古くて湿った感じが漂うものであったはずだ。

説明文を読むと、

「表参道から根津美術館へ向かう。まっすぐに、ゆるやかに下る、その通りの移り変わり。北杜夫さんが描いた『楡家の人々』が暮らしていたのは現在の南青山四丁目あたり。

かつて、その人々が行き交っていた通りには、数年前からスノッブなビルが集まり始めた。FROM-1st Y's SUPER POSITION、そしてMILANO-PARIS、本店のイメージそのままのブティックも続々と肩を並べ出し、待望のCOMME des GARÇONS SHOPも華やかにオープン。

ざわつきのない、洗練された大人にこそふさわしい、いま最も注目されている〈楡家の通り〉

だれよりも早く、この通りにこだわり、遊びこなせれば」

などとある。

なお数ページにわたって、さまざまな店の写真が載っていた。私の記憶を裏切るばかりの、派手な豪華な店ばかりである。

ところどころの説明文を読むと、

「〈楡家の通り〉って何のこと？　多くの人がきっと首をかしげると思います。いままでこの通りを呼ぶときにはヨックモックがある所とか、フロムファーストの通りとか、そんな曖昧で自分勝手な呼び方しかありませんでした。

小説を読んでいない人には、なじみのない言葉かもしれませんが、楡聖子や桃子たちが確かに歩いた道なのです。ですから、今日から心をこめて〈楡家の通り〉と呼んでしまいましょう。

素敵な通りの名前、またひとつ誕生です」

これでわかった。たとえば原宿の竹下通りのように、若者が集まる地名もないので、にわかに発展してきたこの通りを、この雑誌が勝手に命名してしまったのだ。

それにしても、「心をこめて……呼んでしまいましょう」という文章など、いかにも自分勝手である。

もう一つの文を引用する。

「この通りをブラリと歩いてみてください。その街並み、ビルの形、独特の雰囲気がただよっています。そしてもうひとつの現象にも気がつくかもしれません。数多いブティックを覗いてみれば、イタリアンブランドが、かなり目につくはずです。それもミラノのイメージそのままのディスプレイ、商品揃え。イタリアものを探すならまずこの〈楡家の通り〉へ」

ハイカラ好きな祖父なら喜ぶかもしれないが、私はブランドものとかしゃれた店とかが齢をとると共に嫌いになっている。第一、ミラノは確かにローマとファッション争いをしているが、その大半は静かなくすんだ街だ。

おまけに今日、むかし私の担当であった編集者から今度女流雑誌に移る由の印刷したハガキが来て、

「楡家の通りも見てきました」

と付記されてあった。

どうもこの雑誌はあちこちで読まれているらしい。

私の父は晩年帰京してからも、一度も青山の焼跡を見に行かなかった。苦心して集めた多くの蔵書や苦労して再建した病院の跡を見ることがつらかったのだろう。私も懐しい青山の自宅付近を、勝手に一雑誌によって名づけられたことに対し、いろいろ複雑な心境である。

（1989・8・4）

火事について

私が一時何とか健康を取戻そうとして散歩を始め、ざるソバばかり食べていたが、その散歩もウツになって結局やめてしまったことは前に書いた。

それでも散歩をしていた頃には、それなりに面白いこともあった。

娘が会社の休日に遊びにきて、まだその頃は近くの羽根木公園に梅が咲いている季節だったから、一緒に行こうと無理矢理に私を連れだしたことがある。

娘は女房以上に強引なところがある。おまけに力持ちである。むろんバカ娘だから、会社でも客がきたときに冷蔵庫からウーロン茶を出してそれを出すくらいの役をもっぱらやらされているらしいが、頭がバカなのに比例して馬鹿力だけはある。中学の末には、よく私と角力《すもう》の真似事をしたものだが、私が本気で全力をふるっても負けてしまうことも屢々《しばしば》であった。

女房ならせいぜい「あなた、もっと早く歩きなさい」と言うくらいだが、娘はもっと直接行動をとり、私の腕を摑《つか》んでグイグイ引っぱってゆくので、なかなかつらい。

ともあれ、二人して家を出て少し行くと、後方から消防自動車のサイレンの音がし、一台の赤い車が私たちを追い越して行き、すぐ右手にまがった。

その道は北沢警察署があり、またその近くに羽根木公園がある広い通りである。私たちが、一体どこで火事があったのだろうなどと噂をしながらその通りまで出ると、すぐ目の先の左手にその消防車が止まっている。更に前方の梅丘《うめがおか》の方面からも別の消防自動車がサイレンを鳴らしながらやってくるのも見えた。

してみると、火事はその広い道のごく近くで起ったのに相違ない。

しかし、どこにも煙とて見えぬ。先に北沢警察署の手前の中学校の横に止った消防車にしても、白いホースこそのばして前方に引っぱり出したものの、いつまで経《た》ってもそのホースは平たいままで、一向に水がはいった気配とてない。

しかし、やはり娘のほうが目がよかった。警察署から道をへだてて真向いに建つ六階の大きなマンションのいちばん上の後方から、わずかな煙があがっているのを発見したのである。それは決して黒煙とは言えず、しかも勢いよく立昇っているわけでもなく、ごく薄い雲様のものが漂っていると表現したほうが当っていた。

「パパ、あそこよ」

と、娘が叫んだ頃には、ようやくそのマンションの前、警察署の前辺りの歩道にはかなりの人たちが集まりだした。それは忽《たちま》ちにふえ、おまけに警官も沢山いたから、かなりの群衆と呼んでよいほどになった。

けれども、前述した消防車は一向に放水も開始しないし、向うからやってきてもっと近くに止った消防車も同様である。

ただ警官たちがやってきて、道路にロープをはり、マンションの前にいる野次馬たちや、もっと後方にいる私たちをそのロープから外へ出るように命じだした。しかし、テキパキというよりモタモタという態度であったと書いたほうが正確であったろう。

ようやく三台目の消防車がアパートのすぐ前に停車すると、たちまち高い梯子《はしご》をのばしだした。その梯子はちょうどマンションの六階の窓までのび、そこを次々と消防士が登ってゆく。ホースを持っていた人もいたと思うが、先頭の二、三人は何か窓などを叩きこわす器具などを持っていたようにも記憶する。

彼らは窓から侵入した。そしておそらく放水も行なわれたであろうし、火の出た部屋のドアなどを叩きこわす器具を持った消防士はそれなりに活躍したにちがいない。

やがて、薄い雲のような煙も薄まって行き、ついには認めることもできなくなった。

その頃になって、消防士だか警官の一人がマイクで大声で、

「五階に住んでいる方々は、鍵を持ってここに集まってください」

と放送した。

おそらく六階のどこかで火事が出たのだから、その階の住民はすべて退避しておることがわかり、一方その下の五階の部屋に住む人々は部屋の鍵をかけたりして退避したらしく、万一まだ五階の一室にでも逃げそこなった人がいるかどうかを確認するためであったろう。

こうして、そのマンションのごくわずかな失火も、およそ十五分後には結末がついてしまった。それでも見物に集まった群衆は、そのあともかなりの間、その場を動かなかった。

娘が、

「江戸時代は火事が多くて、そのたびにそれを見物するたいへんな数の野次馬が集まったと聞いてはいたけれど、今でも結局はそれと同じね」

と言った。

娘はもちろん戦後ずっとあとに生まれた子で、あのB29による大空襲の悲惨さなどは知らない。そのため、けっこう面白がっていた。

私はもちろん生まれた家が丸焼けになって、その被害がいかにも甚だしかったことを覚えている。そのときは火の波が襲ってきて、いよいよ青山墓地に逃げようとしたとき、奔流のような火の粉が目に入って、一晩目が開けられなかったほどだ。それよりもその前、避難民がすっかり逃げてしまった頃に、今の参道から青山に通ずる広い道で、バケツ・リレーで水をかけたら火炎の流れがそこで治まるかと考えて、私は単身バケツ一杯の水を持ってそこまで走って行ったのである。ところがその道に出たとたん、とびくる火の粉と煙のためか、私は呼吸ができなくなりその場にバッタリと倒れた。もちろん他に人かげもなかった。私は必死になって道を這《は》って狭い路地へ出、家へ戻り、そのあとようやく前述のように逃げる気になったのである。あのとき、場合によっては死んでいたかも知れない。

ただ当時は東京を始めかなりの都市は焼野原となり、かつまだ本土決戦を信じていた少年の頃だったから、焼け出されたこと、大火災の悲惨さすらも、それほどこわいものとも思わなかった。

ただ、のちになって考えてみると、父のおびただしい蔵書が灰になってしまったことはいかにも残念だった。父が大正の末に留学中のドイツから大量に買って日本に送っておいた書物も病院の失火のためすべてを失った。

戦争中の大空襲を怖れなかった私も、平和な今の時代となって、火事というものはつくづくこわいと思っている。家が焼けることはかまわないが、私とても少しは珍奇な本をかなり持っている。それが灰になってしまうことが何より惜しく、死ぬほどつらい思いもすることだろう。
そういう体験を少しも知らぬ現代っ子の娘は、羽根木公園へそれから行くという気持も捨ててくれたが、むしろ上機嫌で私の腕を引っぱって家に戻ったのである。

（1989・9・15）

金をスる天才

これは私がまだ元気であった、昨年の十一月頃からの話である。

それまでに私はかなりの仕事をしていた。殊《こと》にいちばん大切な長い童話は二百三十枚ほど書いた。それもまだ「はしがき」程度の長さである。これは私としては初めて或る思想性を持ったシリアスな作品だから、かなり考えるというか、私の幼児のごとき頭で夢想せねばならない。ひとまずそこで休止することにした。その他にもつまらぬものをかなり書いた。

とにかく心身ともに疲れてしまい、考えてみると、これまでの私のソウ期はせいぜい半年しか続かない。昨年の初夏からそれが始まったから、やがてはウツの季節になることであろう。ウツになると私はほとんど散歩する気力もなくなり、二、三ヶ月くらい一歩も家から出ないこともある。まったく太陽に当らぬから、顔の皮膚が完全に白く弱くなり、一種の皮膚病のため一部分の皮がむけてきたりもする。

それでまだ元気のあるうちに、歩く習慣をつけようと考えた。単なる散歩にしても、何か目的がないと、無気力のときにはなかなかできないものである。

　幸い私は少し乗馬をやってきたから、土曜、日曜のテレビの競馬中継を見るのは好きであった。なかんずくパドックで、競走馬というものは敏感だから、単なる並足にしても、踊るような歩調をとることがある。私はそういう馬に一度だけ乗ったことがあるが、これはいかなるトロット、キャンターよりも快いものであった。乗馬クラブにしきりに通っているかなりの達人にしろ、そういう並足をする馬を体験した人はごく稀《まれ》だ。もともと競馬中継を見るのが好きなうえに、それにいくらか馬券を買っておけば、更に興味も深くなろう。

　そう思って、私は渋谷の場外馬券所へ行くことにした。往きはタクシーに乗るにせよ、帰りは渋谷駅まで歩くから、少なくとも近所を散歩するよりずっと距離がある。この習慣がつけば、ウツになっても続けられそうな気がした。

　当時、女房は私の財布に一ヶ月に四万円入れてくれていた。私はほとんど外出もしなかったから、それをヘソくってためておいた。かつ馬券を買おうと思いたったとき、以前私の担当をしてくれた編集者のおかげで、四万何千円かを儲けていた。この人は馬の血統からそれまでの成績をすべて知っているが、大レースにしか賭けない。おまけに福の神と言ってもよく、何レースであるかを間違えて買ってもそれが当ってしまうという不思議な運も加わって、たとえ毎週のように競馬場へ通うセミ・プロのような人でも、総計に於《お》いて結局はスっているのに比べ、競馬を始めてからの長い年月に確実に儲けている由だ。出版社からのフリコミはみんな女房のものとなるので、私は平サラリーマンよりもキャッシュに乏しい。しかし、前述したキャッシュの総計から、当分の間、毎週一回は或る程度の馬券を買えるはずだった。

ところが、その福の神さまは大レースしか買わぬし、そして大レースのシーズンはすぐに終ってしまい翌春までやってこないから、もはや彼の智恵を借りるわけにいかなくなった。競馬新聞から私のカンで自分で選ばねばならぬ。それでも私はソウのときには妙にカンが閃《ひらめ》くから、たとえ儲けられなくとも、少なくともトントンくらいにはなろうと考え、当分はずっと馬券を買えるものと信じきっていた。

そして、私が買う三、四レースの大半を当てていたことは事実である。ところが、穴なども狙いあまりに多くの数を買うので、当った馬券と外れた馬券の金額を比較してみると、結局は損をしていることがほとんどであった。そこで私は作戦を変え、或る競馬新聞に「今日の推奨馬」として二頭くらいあげてあるのが妙に当るのに気づき、その二頭の単を買い、他の連が外れてもまあまあトントンになるように試してみた。するとニ週ほどはそれが見事に当り、一週目は損をしなかったばかりか、二週目は単のみか連も当り、かなり儲けた。しかし、それに味をしめすぎて、次の週は単も連も大きく買い、その総計は私の持っているほとんど全額に近かった。ところが、なんと単も連も全部ものの見事に外れてしまったのである。

私はいくらか儲けたときにのみ、女房の機嫌を好くするため、当った馬券と配当金を書いた新聞を見せていたが、損をしたときにはむろん隠していた。幸い女房は外出する日も多いので、私が場外馬券所へ行ったかどうかまでは正確に知っていることはないはずである。

しかし、女房にはしばしば記したように、悪魔のごとき直感がある。つまり名探偵である。どうしてそれが分かってしまったか未だに不明であるが、とにかく私が隠し持っていたキャッシュをあらかたスってしまったことがばれてしまった。それ以来、彼女は私に月に一万円しかくれなくなった。私がいくら他に金を使わぬにしろ、馬券所の帰りに缶ジュースくらいは買う。たまには雑誌くらいは買わねばならぬ（私の仕事に必要な本などは女房は払ってくれている）。これではこれから先、馬券も買えまい。

しかし、私もまた悪魔のごとき智恵をしぼって、女房には秘密に十何万円かのキャッシュを手に入れた。だが、福の神さまがついていなければ競馬で儲けることはとても無理だと考えたので、そのあと場外馬券所へ一、二回行っても、わずか二、三千円の馬券しか買わなかった。

その帰途、渋谷駅近くまで来ると、ジャンボ宝クジというのを売っていた。私はウツになってもずっと場外馬券所へ行くつもりでいたし、その頃にはキャッシュがまた無くなるだろうと考え、不意にその宝クジが買いたくなった。競馬では損ばかりしたから、あんがい宝クジなら当りそうな気がしたからである。

ところがいざ買おうとすると、ジャンボ宝クジには予約券が必要だと言って売ってくれぬ。なんだか大損をした感じで口惜しくなり、週一回きてくれる家政婦さんにこぼすと、彼女は予約券を二枚持っているからその一枚を私にくれると言った。そこで今度は大得をしたような気持になり、わざわざ渋谷まで行って三万円分を買った。それだけならまだいい。大盛堂という大きな本屋へ用があってまた渋谷まで行くと、ジャンボ宝クジの売出し期間が終りに近づいていて、予約券なしに買える。そうと分かると、なんだかもっと買わねば損なような気になって、なんとまた六万円も買いこんでしまった。結果は当った金額はたった四千円足らずである。

佐藤愛子さんに愚痴を言って、せめて気晴しをしようと電話をすると、愛ちゃんは、

「北さんはなまじっか動きまわったりするから、損をするのよ」

と言った。

この言葉を女房に伝えると、彼女は「やはり作家というものは、うまいことを言うわね」と、感心したふうに言ったが、むろん私が女房に自分がそんな大量の宝クジを買ったことをひとことも白状していなかったせいもあろう。

ちなみに、一月中旬から私は大ウツになり、はじめの意図に反して馬券を買いに場外馬券所などへ行く気力もなくなってしまった。

また夕方まで寝ている間に、私の持ち株は四割方下げてしまった。だがどういうわけか全然くやしくない。くやしがる気力もないのか、あるいは私が内心、金をスる天才であることをいばっているのかも知れぬ。

（1990・6・8）

妻とのケンカ

私はときどき女房と激しい喧嘩《けんか》をやらかす。もっとも私のは、ただ怒鳴るだけで、結婚以来三十年近くなったが、まだ彼女の頰をパチンと叩いたこともない。だが、怒鳴るほうは父の悪い血を受け継いで、齢をとると共に怒りっぽくなったから、凄まじい勢いでわめき散らすことが多くなった。

その怒鳴り声は近所の家にまで聞えるらしく、その家の奥さんが妻に向って、

「御主人はこの頃ずいぶんお元気ですね」

と、皮肉か何か知らぬが、挨拶することがあるそうだ。

一度などは、自分でもこれは異常だとあとで考えたほど、ビリビリと響く雷のような大声を発したことがあった。私は父のこれまたとても常人とは思えぬ激怒ぶりを憶いだし、懐しいと共に、なにかしらもの悲しい気持になった。

そういうあとは反省するのか、女房に対していやに優しい声で話したり、世の夫の見本とも言うべき親切な行為をしたりする。

女房はそういうとき、

「あなたはそんなに優しいのに、怒るとどうしてあんなに凄まじい声を出すの？」

と言う。半分は私を難じ、半分はあきれはてているようだ。

昔のお手伝いさんがこのところよく遊びにきて、泊ってゆくことも多い。それは娘が残業が多く、託児所に赤ん坊をあずけて会社に行くのだが、託児所は夕方で終りだから、残業のときは女房が孫を彼女やその夫が帰宅するまであずかるのを手伝うためだ。

そのお手伝いさんは私のソウウツ病の双方を知っている限られた二人の中の一人で、活発な性格なのだが、あんがい努力家で通信教育で短大卒の資格も取った。また車の免許も取り、なんと十万円の中古車を買いこんで、そのオンボロ車に乗って横浜から私の家へやってくるのだ。その気っぷのいい彼女もやはり女房が気の毒になるらしく――しかし女房は私に暴力をふるうこともあるのだ。私を突っころばしたり、首をしめたり、タオルで鞭打ったりする。もっともそれは私が株をウリカイするときだが――私が怒りだすと、

「御主人さま、そんなに怒鳴っては奥さまが可哀そうですわ」

或いは、

「ボス！　もっとおだやかに、お静かに！」

私たち夫婦の仲は、ざっとこのような具合なのである。

さて、先ごろ私は仕事に疲れて、ビデオでも見てストレスを取ろうと思いついた。どうせ見るなら、美女が出るほうがいいと、むかし懐しいエリザベス・テーラーの出る『陽のあたる場所』を見だした。

リズは私の好きな女優である。『緑園の天使』などいかにも可愛いが、なにせまだ子供時代だから、まだ女とはいえない。それに比べ、『陽のあたる場所』はリズがまさに女になりかけた頃で、私がもっとも好きな顔立ち、姿態をしている。もっと後年の熟女となった映画では、美しいことは美しいが、リズの持つ可憐《かれん》さがない。

まだその映画を見ていない人のために、ごく粗筋を書くと、モンゴメリー・クリフトが貧乏な青年となって登場する。しかし、彼は名門の家の遠縁に当り、その関係からその会社の職工となる。そのうち同じ職場の女工と仲良くなり関係ができてしまう。ところが、たまたまその名家のパーティに招《よ》ばれたとき、その家の令嬢のリズと恋に陥るのだ。夏休みにはその山荘に招待され、水上ボートに乗ったり乗馬をしたり、リズと二人きりで人気《ひとけ》のないアビの湖畔で抱擁しあったりして、愉しく身分不相応な日を送っている。一方、妊娠した女工は新聞で恋人が社交界の花形である令嬢と水上ボートに乗っている写真を見、カッとなって山荘近くにやってきて、電話をかけ無理矢理クリフトを呼びだし、結婚を迫る。妊娠しているし、すべてをバラすと言われて、クリフトはそれを承知する。しかし、婚姻を届けに行くと休日で役所が閉まっている。そこで二人はアビの湖にボートに乗りにゆく。クリフトの心の中にはこの恋人がいなければ、という気持はどうしてもひそんでいたろう。しかし、決して故意ではなく事故でボートは転覆し、女だけが死ぬ。そして、とどのつまりはクリフトは恋人殺しの罪で死刑となる……。

私は過去に何べんも見たこの映画のビデオをまた見だしたら、あまりにもリズが可憐なので、ちょうど入浴していた妻のところへ行き、硝子《ガラス》戸越しに、

「おい、あの『陽のあたる場所』のリズを覚えてるだろ？　なんとも可愛いなあ。あれじゃあ男なら誰でも、前の恋人を殺したくなると思うが、そう思わないかい？」

と、声をかけた。

ところが、私はもうボケていて、この映画について同じことをこれまでも二、三回そう言ったらしく、女房のこんな声が聞えてきた。

「あら、あなた、またあの映画を見てるの？　一体、何回見たら気が済むのよ。またあんな映画見て、どのようにしてあたしを殺すかを考えてるんでしょ！」

私はいささか慌てた。

「殺すったって……。たとえ殺そうとしようとしても、腕力はお前のほうがずっと強いじゃないか。おれのほうが逆に殺されるに決ってる」

「でも、あなたは間抜けなようでいて、あんがい小ずるいところがあるから、なんらかの方法で、あたしを殺すことを考えてるにちがいないわ」

むろん、これは夫婦喧嘩ではなく、むしろ久方ぶりに二人が仲むつまじかったから、このような会話が行われたのである。

しかし、そう言われてみて、私は自分が書いたエンターテインメント『優しい女房は殺人鬼』のことを思いだした。この小説はその逆で、小心でノイローゼの童話作家が、妻がいろんな方法で自分を殺そうとしているのではないかと妄想するのである。

いや、妄想かどうか分からないところにこの小説の眼目《がんもく》がある。

ところで、こんな中間小説はむろんすべてが作者のフィクションだろうと読者は思うだろうが、実は一部はまったくの私小説なのだ。たとえば冒頭のところ、肝臓が悪くなってアルコールを禁じられた主人公が、ついに外で缶ビールを買ってきて飲み、あんがい妻が気づかないので、毎日のように飲んでその空缶を洋服ダンスの中に隠しておき、いずれ捨てようと呑気《のんき》にかまえ、安楽椅子でテレビを見ていると妻がやってきてその空缶を発見するや、いきなり夫にのしかかってきてその首をしめる。二人の重みで椅子の肢《あし》が折れ、夫婦ともども床にドウと倒れたことまですべて実際にあったことなのだ。

してみると、私がいくら『陽のあたる場所』を見て女房殺害を考えても、逆に私のほうが殺されてしまうほうが真実に近いといってよいだろう。

（1991・8・2）

検査と女房

このところ私としては珍しく多忙な日が続いている。以前はウツのひどいときにはすべての依頼、なじみの編集者と会うことも断わってしまうので、二ヶ月間、予定ゼロなどということもあったのに。

まず四月下旬にノルウェーの船で上海《シャンハイ》まで行く。これも自分のための旅というより船中で講演せねばならぬのが一寸《ちょっと》しんどいが、久方ぶりの航海だから、まあ愉しみのほうが多いだろう。

それよりも五月中旬から半月ほどカラコルムへ行くことが決まった。これは或るエージェンシーがカラコルムでのテレビの番組を考え、ただし昨今はそういう海外取材は多いから、以前私が京都カラコルム遠征にドクターとして参加した体験から書いた長篇『白きたおやかな峰』の或る部分を使おうと考え、そういう話が出版社から告げられたのである。

それはまだ二月の頃のことで、私はややウツ期であり、なにげなく聞き流していた。

またそういう企画は話だけでつぶれてしまうことのほうが多いものだからである。

しかし、もう少し企画が煮つまってきて、少しでよいから出演しないかということになってきたとき、私はむかし懐しい高所服を着——これを着て私は『徹子の部屋』に出たことがあるのだ——自宅の応接間くらいでかつての登山隊のエピソードくらいしゃべってもいいと考えだした。あんなぶ厚い高所服など身につける機会はもうありっこないと考えたからである。

ところが、ここでも私がボケていることが判明した。私は齢をとってから飛行機が次第に苦手になってきた。若い頃は少しも感じなかった時差ボケもするようになったし、なにより疲労が甚だしいからである。

しかも、私はそもそも世界地理さえ忘れてしまったことを否応なく知らされた。二年前にポルトガルへ行ったときは十九時間かかったが、東パキスタンにはそれよりずっと短時間で着くことができる。そうと聞かされると、私はだしぬけに思いきってカラコルムを再訪しようかと考えだした。これ以上齢をとったらとても無理になるだろうし、それに今までのソウウツの周期では初夏になると私はたいていマニックになるのである。ソウになれば、かなりの旅にも堪えられる自信がある。五月末にはいくらかなりともソウがかってくるのではないか。

その旨を告げると、企画者のHさんも乗気になり、三月に入るとすぐカラコルムへ予備調査に出かけて行った。とはいえ、私はその実現の可能性は少ないだろうくらいに思っていた。

と、三月中旬、彼からだしぬけに電話がかかってきた。やっと帰国したというのである。それどころか、五月十八日に出発するというのであった。私は少々慌てて、電話口で言った。

「でも、テレビ局のOKはまだなんでしょう?」

一度、Hさんが家に来たとき、○テレビで駄目だったら×テレビに話を持ってゆくというような話だったからだ。

「いや、それももう決まりました」

私は少々あっけにとられた。なんだかいかにも唐突に大事件でも発生したかのような感じであった。

ともあれ、船に乗らなければならぬし、山に登らないにせよディラン峰の麓《ふもと》のミナピン村くらいまでは行かねばならぬことになったのだ。

私は昨年の暮に歯医者に行っただけで、それ以来一度も行っていない。大腸のポリープを十個以上も切除してから、もう二年以上が経《た》っている。船の旅なら何ということはないが、過去の記憶にあるカラコルムはかなりの僻地《へきち》である。

この際、もう一度身体の精密検査を受けようと私はこれまただしぬけに思いたった。まず無沙汰をしていた歯医者さんへ行った。すると予想していたより凶と出た。なんと下の前歯を四本、神経を抜いて土台を作って大改造をせねばならぬことが分かった。

次に、どうもポリープのでき易い体質らしいから、まず胃カメラと、大腸の検査を受けることにした。

胃カメラのほうは外来で簡単にできる。結果は吉と出た。ただ、大腸も直接内視鏡で診て貰うつもりで先生に相談してみると、あれはなかなか大変だから——事実、大腸は折れ曲っているからいくら器具が進歩したとはいえ、かなりの苦痛を受ける——まずバリュウム検査をやって、その結果によって処置を決めたほうがよかろうと言われた。

胃カメラと違い、大腸の検査はかなり厄介である。前日は重湯、スープといったごくわずかの流動食しかとれない。それから下剤だの座薬を使う。私は下剤に敏感だから、朝までに二度もトイレへ行ったため、睡眠不足でもはや疲れてしまった。おまけに朝からは一切の飲食物を禁じられる。私の検査時刻は午後一時半からで、これがもっとも辛かった。

女房の運転する車で病院へ着いたときは、睡眠不足と空腹のためフラフラになっていた。初めは用のある女房を先に帰し、おれはタクシーで帰ると言っていたのだが、つい、

「検査はそう長くかからないから、済まないがやはり待っていてくれないか」

と、常々仲良くしているより喧嘩しているほうが遥かに多い女房に頼む始末であった。

内視鏡を入れる訳でなくバリュウム検査だから、大したことはないと思っていたものの、バリュウムを腸内に行きわたらせるため種々の体位をとらされる。初めからフラフラの身にはかなり応えた。

ようやく済んで冷汗をふいていたら、先生が早くも出来た写真を示し、

「ここのはやはりポリープですね。しかし小さいから、秋か冬までに切除すればよいでしょう」

と説明してくれた。

そのあと、あまりにも空腹だったので、家に帰る前に、病院内の食堂でチャーシュウメンを食べた。その食堂を捜すにしても、遠くが見えず方向オンチの私は、すべて

女房に頼らざるを得なかった。食券を買うのも億劫《おっくう》なくらい疲れきっていたから。

女房はため息ばかりついている私を見て、ニヤリとし、

「どう、やはりあたしが出て行かなくてよかったでしょ」

と言いやがった。

私はソウ期になると、やたらと「もうお前とは離婚する！」とか、「すぐ実家へ帰れ！」と怒鳴る癖があったからである。

しかし、このとき私は心底から疲労困憊《こんぱい》していたから、かぼそい声でおとなしくこう言った。

「うん」と。


（1991・8・16／30）

良き女と悪しき女（その一）

ノルウェー船ソング・オブ・フラワーで上海まで行ってきた。

題名の良き女はこの船のことで、船はご存知のごとく女性名詞である。悪しき女とはむろんわが女房さまのことで、実は私があまりにも彼女の悪口ばかり書くため、中には同情する読者もいるらしいし、女房の友人たちは口々に、

「あなたの旦那さまはいいわねえ。奥さまの悪口を書いていればお金になるのですもの」

などと言うらしい。

冗談ではない。その金はどこへ行くのか？　みんな女房さまのものとなってしまうのである。

白髪だらけの私にしろ、ちゃんとデートしてくれるかなり若く美しい女性がいる。私は女性についてウソを言うと必ず女房さまにバレることを痛感したので、彼女のことはすべてあからさまに正直に報告することにしている。たとえば、

「今度の日曜は彼女とデートするぞ」

と宣言すると、女房さまは、

「大体あなたは女性をエスコートするエチケットも知らないのよ。男性たる者、食事のあとはちゃんと家まで送ってゆくものよ」

と説教する。

そのため私は彼女をちゃんと送ってゆき、もちろんその内部に侵入する。侵入したとて、ベチャベチャおしゃべりするだけで何にもしない。

彼女と食事をするときは、カードの効く店へ行く。なぜなら幾度も書いたように私は禁治産者といってよく、キャッシュをほとんど女房さまがくれないからだ。幸い、今はたいていの店はカードで払えるが、中にはキャッシュしか通じない所もある。そういうとき、私は帰りのタクシー代にも心配しなければならない。一体、何という不幸な身分なのだろうか。

以前は、確かに私はキャッシュを持つと、それで株を買ったり馬券を買ったりして、しかもみんな磨《す》ってしまったものだ。だが私は、今やこの両者を止めた。それでも女房さまは、

「あなたの言うことが、何時《いつ》まで続くものですか」

と、せせら笑っていて、相変らずスズメの涙くらいの小遣いしかくれない。

余談になったが、白とブルーの船体の、いかにもクルージングむきの美しいソング・オブ・フラワーに乗りこんだとき、私は久方ぶりの航海だし、嬉しかったことは事実だ。

しかし、私は無類の不器用者である。ちゃんとした船では、乗船日と下船日を除いて、夕食には正装をしなければならない。ところが私は、一人でタキシードが着られないのだ。そのため以前、エリザベス二世でハワイまで行ったときも、老齢の母に手伝って貰って、辛うじて夕食の席に出られたのだ。

このたびも、ただタキシードが着られないため、女房さまも同伴したのである。出港は神戸からで、体力のない私はもはやそこまでの汽車の旅で疲れはて、快適な船室のベッドにぶっ倒れていた。やがてスーツ・ケースが運びこまれてくる。それを開けて女房さまは中身の整理を始めた。

すると、なんだかこれまで見たことのないような服を次々と彼女は洋服簞笥《だんす》に吊るしているではないか。あの服はどこから手に入れてきたのか、彼女は一つも新しいものは買わなかったと言うけれど、絶対に私の見知らぬきらびやかな色彩が私の前を過《よぎ》る。確かに私は女房さまの悪口をずいぶんと書いてきた。しかし読者よ、その金は何時の間にか女房さまの服に化けているのだ。

そればかりではない、クルージングの船であるし、ましてパーティやバーにもジーパンで行く万事に質素でつつましい私は、一日のほとんどをジーパンとポロシャツくらいのラフな服装で過すと告げておいたはずだ。それが見ていると、どうも私のための新しいワイシャツやらコットンのズボンやらも女房は買いこんだらしい。これは夫がいかにも乞食のような恰好をしていては体裁が悪いと考えたのであろう。なんたる虚栄心の強い女であることか。

それはまあよい。そんなことはここ三十年間で慣れきっている。

クルージングの船であるから、ラフな姿のほうがふさわしい。それゆえ私はスニーカー、それが無かったらふだんはいている運動靴のようなもので昼間は歩きまわるつもりであった。こればっかりは忘れるなよと告げてあったはずだ。いかにも紳士然とした姿は私のもっとも嫌うところである。

ところが、先に述べたように二人合せて四つのスーツ・ケースからおびただしい――八割は自分の――衣服を運びだした女房さまは、そのスニーカーを忘れていたではないか。いくらラフなスタイルをしようとも、エナメルの靴などはいたらぶちこわしではないか。

このときばかりは、さすが温厚な（？）私も激怒して、しばらく女房さまをののしった。しかし、決して私を横暴な旦那だとは、心ある読者なら思わないと信ずる。かくなるうえは、船中でそのようなスポーティな靴を獲得することである。だが、売店にもなかった。

幸い、私がこの船に乗ったのは講師みたいな役だったので、親切なエージェントの女性がついていた。私は彼女に、ゴム草履でもよいからなんとか下級船員から借りてくれないかと頼んでおいた。

最初の夕食の席で、私たちにサービスしてくれたのはドイツ人のボーイであった。この船の食堂は一つきりだが、その代り二人用から多人数用の席があって、朝、午《ひる》、夕、そのときの人数に応じて好きな席をとってくれ、席が定まっていないところがまたよかった。テーブルに応じて、そのたびにボーイも変る。

そのドイツ人は、ゴム草履様のものを何とか手配してくれた。

私はドイツ人と会うと、つい、

「私はトーマス・マンが大好きだが、あなたは読んだか？」

という質問をする。彼はマンの名前は知っているが、まだ読んではいないと答えた。あとで、ドイツ語だけは私より上手な女房さまはこう言いやがった。

「あなた、いくらドイツ人だって彼はボーイよ。それなのにあなたはドイツ人と分かればマンの話をするんだから」

だがわが女房さまよ、私はドイツの独文学者とマンを論ずる気持はない。ドイツ人の庶民が、どのくらいマンの本と親しんでいるかを知りたいだけなのだ。

（1991・9・13）

良き女と悪しき女（その二）

ソング・オブ・フラワーは七千トンの船で、食堂とか階段の絨毯《じゅうたん》などはエリザベス二世ほど豪華ではない。

しかし、船室その他はすべて近代的で、機能的にできている。またイギリス船と言わずとも、外国を旅していると、また金ばかり持ってる非国際人の日本人がいやがるな、というような冷ややかな視線や態度にぶつかることがある。

本当に失礼な外人とぶつかった場合、私はだんぜん彼らとケンカすることにしている。英語はごく不得手だが、罵倒語にかけてはニューヨーク俗語を始め、かなり知っている。ただケンカ言葉ばかり知っていて、スムーズな会話はできぬから、彼らと仲良くすることがなかなかできぬ。日本人は日本語が通ずるところでは優越感を抱く代りに、未だに外人コンプレックスを持っていて、失礼な外人に抗議するどころか、こちらがコソコソ引っこんでしまう人がまだまだ多い。私のようにケンカ腰で接するのもどうかと思うが、せめて対等につきあうべきだ。

それには何も外国語を覚える必要はない。私だっていつもひどい英語で怒鳴るわけではない。日本語で十分なのだ。

「バカ」と言うと文明国では通じてしまうが、私は「ブレイモノ！」と武士のごとく叫ぶ。たとえば向うがぶつかっておいて、「パルドン」ひとつ言わぬ場合だ。その気迫で相手はあやまるか、スゴスゴと逃げだしてしまうこと受合いだ。

ところで、ソング・オブ・フラワーではわが女房さま以外に怒る種がなかった。この船のオーナーは日本人で、日本人客を主にあつかうせいか、各国人のクルーたちはいずれも親しげに笑顔で接してくれる。

私にとっていちばん嬉しかったのは、バー、部屋のミニ・バーの飲物がすべてロハで、おまけに日本流にノー・チップ制であることだった。

私たちの船室は二つに分れている。第一夜、少し仕事をかかえていた私はルーム・サービスで氷を取り寄せ、あらかじめ机の上に具《そな》えられているウイスキーの中びんをあら方飲んでしまった。

翌日は朝から氷と代りのウイスキーを頼んだ。すると船室係のノルウェー人のメイドの他に、フロントにいる小柄で可愛い日本人も一緒についてきて、

「お客さま、あまりアルコールを召上らないほうが宜《よろ》しいですよ」

と笑った。

早くも一夜にして、私がアル中であり、かつ氷大好きであることは船内に知れわたってしまったようだ。昨年末から私はアタマのほかに味覚まで異常になって、冷蔵庫で冷やしたビールにも氷を入れて飲むようになっていたのである。

それ以来、べつにルーム・サービスに電話をせずとも、食事から戻ってくると、机の上にはたっぷり氷を入れたアイス・バケットがいつも置かれるようになったのである。いかにこの船のサービスが行きとどいているかの証拠と言ってよい。

それよりも弱ったのは、私たちの隣接した二部屋で、一つには大きなダブルベッドがあり、その部屋の机のほうが仕事がし易い。もう一部屋はずっと小さく、寝るにはソファー・ベッドしかない。

私は仕事をするときは煙草をどうしても、二倍喫う。然《しか》るに、女房さまは大の嫌煙主義である。しかし、ドアを閉めてしまえば、煙は隣室にはとどかない。それに私は不眠症である。更にダブルベッドでは結婚早々、ひどい目に遭ったことがある。

あれは女房さまがさほど悪女でなかった頃、すなわち新婚旅行の帰途であった。ちょうど『楡家』の取材を開始していたので、熱海で一泊し、宿の近くに住む昔青山脳病院の医者をしていた叔父に来て貰って深更まで話を聞いた。

さて、寝ようとすると大きなダブルベッドであった。二人とも眠くてたまらぬから、できるだけ体を離して寝ようとしたのだが、そのベッドは真中がくぼみになっていて、どうしても両者は辷《すべ》って行ってぶつかってしまうのである。以来、私はダブルベッドが大嫌いになった。

もちろん広いダブルベッドに一人で寝ることは最高である。私としても、もし自分が先に眠るのなら、船室のそのダブルベッドを女房さまに提供したことであろう。だが、私は夜型で、仕事もかかえているし、どうしても部屋を替える気になれなかった。女房さまも珍しく殊勝に、自分はソファー・ベッドでいいと言ってくれた。

かくして、私はまさしく男尊女卑時代そのままに、広い部屋とベッドとを自分のものにしていたのである。

三日目だったか、私が一人朝食から戻ってくると、まだルーム・メーキングが済んでおらず、ノルウェー人の女性が部屋にいた。女房さまは多分船内をめぐっているのであろう、私一人である。

いささか私は慌てた。女房さまのパジャマや私のそれは、それぞれのベッドに置いてある。これではメイドに、日本人の男性はいかに横暴であるかと思われはしまいか。

それで私は、ふだんより二倍のメチャクチャな英語で言った。そんなに狼狽《ろうばい》しなければ、このくらいの英語はしゃべれるはずなのに、つい日本国の恥となってはならぬと逆上したのであろう。

「わたち、作家あるよ。そう、芸術家ある。夜、仕事するとき、わたち、煙草沢山沢山喫わねばならないあるよ。そでなかったら、仕事できない。ところが、わたちのワイフ、煙草たいへんたいへん嫌いあるよ。そんだから、わたち、こっちの部屋にいるあるよ。おそーくまで起きてるだから、ベッド、こっち寝るあるよ。ミス、日本人、みーんな女性をひどくあつかわぬと、理解してくだちゃいよ」

これをいつもの何倍ものひどい発音でどもりどもり言ったのだから、果してどのくらいを彼女が聞きとれたか分ったものではない。

とにかく彼女は微笑してうなずいて仕事を済ませ、出て行った。

そのあと、女房さまが戻ってきたので、私は、

「おれがいつも横暴だとは限らんぞ。メイドがいたから、これこれこういう訳だと、ちゃんと説明してやったのだぞ」

すると女房さまは、せせら笑ってこう言いやがった。

「そんなことなら、あたし、昨日彼女に、夫は作家だからと、ちゃんと弁明しておいたわ。それに、あなたの英語、彼女にどのくらい通じたかしら?」（1991・9・27）

孫あれこれ（その一）

孫がようやく可愛くなってきた頃、私は佐藤愛子さんにその写真を送ってやった。裏には、

「見合写真。フミ君、どうだ、可愛いだろ。言語、日本語少し、その他地球語でない言葉をしゃべる。趣味、電車、汽車。ただし内ベンケイ」

と記した。

というのも、愛ちゃんにも孫が生れて、しかも女の子である。遠い将来に具《そな》えて、この二人の子供を結婚させようかと思ったからである。

二年ほど前、妻が、

「お友達という者は大切なものよ。あなた、愛子さんに一度御馳走したら？」

と言って、いくらかの金をくれた。

私は文壇づきあいはごく少ない。八方美人は大嫌いだから、ごく少数の先輩同輩とのみ交際している。その中で女友達といえば、愛子さまは何と言っても「文芸首都」

に入会して以来のつきあいである。

ところが愛ちゃんを参宮橋近くの和食堂で奢ってやったところ、高いものは天然アユくらいしか取らなかったのに、代金は四万八千円であった。私は二人ならせいぜい二万円台で済むだろうと思っていたので、いささか慌てた。ただ妻がそれ以上の小遣いをくれていたので、恥をかかないで済んだ。

愛ちゃんも、

「ずいぶん高かったわね。気の毒だからお宅までタクシーで送ってあげるわ」

と言った。

気っぷがよい愛子さまと読者は思うだろうが、彼女は同じ世田谷の近くに住んでおり、タクシー代はせいぜい千円にならぬほど高くなっただけだろう。

私は店を出るとき、

「愛ちゃんは金持なんだから、今度ぼくを御馳走するときは二倍奢れよ」

と言ったら、そのときは愛ちゃんは、

「いいわ」

と、ニコニコしてうなずいたものだ。

それから半年くらいが過ぎた頃である。

株は下りっぱなしなので、私は競馬をやりだした。電話予約のできる秘密人物のせいもあって、初めはいくらか儲けたが、ギャンブルというものは儲ければ必ずスるものである。そういう教訓はこれまでの人生でつくづく承知しているけれど、なおかつ止められぬのが私の性《さが》である。競馬でもかなりスるようになってきた。

妻は私が競馬をやりだしたので、また怒りだした。滅多に小遣いをくれなくなった。

私は白髪だらけの老人となったが、それでも腐っても鯛、未だにデートしてくれるかなりの美女がいる。彼女のアパートまで送ってゆくタクシー代にも困ってきたので、私は愛ちゃんに電話をした。

「もうぼくを奢ってくれる必要はない。その代り、この前に御馳走した代金を返してくれ」

ところが、彼女からハガキがきて、こう記してあった。

「お手伝いさんに相談したところ、先生（つまりあたし）が召上った分は返してもいいが、北先生がお食べになった分は返す必要ないと申しました。彼女はなかなか優秀な人です。送金するのもフリコミをするのも代金がかかりますし、タクシー代を差引いて二万円は返してもいいですが、面倒なので止めておきます」

愛子さまは株をかなり持っているらしい。値下りしても私のように狼狽《ろうばい》売りをすることなく、ゆうゆうとしている。

要するに金持慌てず騒がずなのである。

それなのに、一体なんというハガキであることか。

日を経て、私はまた電話をしてみた。するとようやく、

「現金書留にするのも面倒だけど、お手伝いさんに頼むからまあいいわ。じゃ、二万円だけ返してあげる」

と言ってくれた。

私は喜んで逆上し、つい妻に、

「ようやく二万円返して貰えるようになった」

と告げると、彼女は眉を吊《つ》りあげ、

「なんというみっともなさです。それでもあなた、男ですか！　二万円くらいわたくしがあげます」

と声を荒らげた。

そこでまた愛ちゃんに電話をし、

「女房に怒られてしまった。だからもう二万円は返さんでいい」

と言った。

我ながら浅はかというか、みじめな話である。

そこで孫のフミ君の見合写真を愛子さまに送ったのである。彼女の孫と結婚させれば、いかにケチな愛子女王とて私にいくらか恵んでくれることであろうから。

愛ちゃんも一人娘には弱かった。彼女が結婚するとき、盛大な披露宴をやったためかなりの出費だったらしく、愛ちゃんはやたらと講演して金を稼いだ由である。

それゆえ孫が私の孫と結婚すれば、十万円、いや五十万円くらい私にくれるかも知れない。

愛ちゃんからも孫の写真を送ってきた。さすがになかなかに可愛い女の子である。同封された手紙には、こうあった。

「お孫さんはやはり斎藤家の顔をしていると思いました。私の孫はこの前病院へ行ったら、そばにいた男の子をなぐりました」

私は即座に返信を出し、

「さすが愛ちゃんのお孫さんは美女です。二人を将来ぜひ結婚させましょう。フミ君がいくらなぐられても小生は我慢致します。両家の血がまじれば、天才か狂人の子が生れるに違いありません」

と書いてやったが、肝腎《かんじん》な先方からはウンともスンとも言ってこなかった。

愛ちゃんとしては、万一大切な孫を北家の孫と結婚させたりしたら、私が一千万円を貸せと要求したりすることを恐れたのではあるまいか。

つい先だっても久方ぶりに愛ちゃんに電話をし、双方の孫の結婚のことを言ったら、

「だって、二人ともまだせいぜい二歳ちょっとでしょ。そんな先のことは分かりませんよ」

と、ニべなく言われてしまった。

この前、遠藤周作さんにそのことを電話したら、

「愛子よりYさんの孫がいいぞ。彼女の実家はSカレーだ。そしたら君は、毎日Sカレーがロハで食えるぞ」

と言われた。

いずれにしても、孫など持つと、それも未来への遠大な計画をねったりすると、なかなかに苦労するものである。

（1992・12・25）

孫あれこれ（その二）

孫が内ベンケイで、家人の中では大ハシャギをするが、他人に注目されると「かたまる」ことは先に小篇に書いた。

二歳近くになったとき、

「イヤよ」

という言葉を覚えた。

埴谷雄高さんにそう電話したら、

「それは第一次反抗期だ」

と言われた。

私の娘が幼かった頃から、わが家では頰ずりしたり頰にキスしたりすることを、

「ナチ、ナチする」

と称していた。

孫が遊びにきて、帰ろうとするとき、

「フミ君、ナチ、ナチ」

と言うと、

「イヤよ」

と、ソッポを向いてしまう。

「バイ、バーイ」

と言って、手はふる。それも何時《いつ》の頃からか、「バイビー」と言うようになった。

「バイビー」のほうが変てこでいっそう可愛い。完全な爺馬鹿である。

次第にしゃべる言葉が多くなって行った。

得意であった「デンヤ」も今は「デンシャ」である。「キシャポッポ」「シンカンセン」と区別できる。

昔のお手伝いさんのナナちゃんが孫を可愛がってくれて、一時は私の家に泊りこんで会社に通っていた。娘夫妻が残業で、妻が忙しいときは彼女が孫を保育園に迎えに行った。

そればかりではない、デンシャ狂のフミ君を近くの梅ヶ丘の駅に電車を見せに連れてゆく。のみならず本当に電車に乗せてやったりする。

ナナちゃんが財布からお金を出して、電車の切符を買うのを見ていて、孫は「カ

ネ」という言葉も覚えていて、

「ナナ、デンシャ、カネ」

と言うそうだ。

とにかく電車汽車が好きなことは偏執的といってよい。

踏切で電車がくるとカンカンカンと音がする。

そこでわが家に遊びにきても、私、ジイジのところへちっとも寄ってこないときは、

「カン、カン、カン、カン」

と言ってやる。

すると孫はチョコチョコ走ってきて、私が手を出して「カン、カン、カン」と唱えている間じっと待っている。声を止めて手を上げてやると初めて通過する。

それも手の遮断機を上げて孫が走りだそうとしたとき、パッと手を差しのべてその頭を叩くと、いっそう面白がって、「キャッ、キャッ」と笑う。

そのうち「カンカン」を止めて手を上げても、警戒してじっと待っているようになった。或いは一人で走ってきて、自分から、

「カン、カン、カン、カン」

と言って手や声を要求するようになった。

つい先日、いきなり、

「シュッパツ、シンコウ」

と言ったので、よくぞそんな言葉まで覚えたものだと一驚した。

娘の旦那に訊《き》いてみると、フミ君の異常な電車狂を保育園の先生も知っていて、教えこんだらしい。

とにかくそのパパが彼を車に乗せたところ、いきなり、

「シュッパツ、シンコウ!」

と言ったので、パパも驚いたそうだ。

初めはフミ君は近くのアパートに住んでいた。パパもママもまだ若いから大した給料ではない。もしまた子供が生れたりしたら、今のアパートは手狭だし高いから、遠くのアパートへ引越してしまうかも知れない。そうなると今まではしょっちゅうきていた孫にもなかなか会えぬであろう。

そこで、かつて建てた大きな書庫をこわし、更に応接間が平屋なのでそれに二階をつけ、子供が二、三人住める建物を増築することにした。私の家はまわりじゅうがマンションなので、聞いてみるとマンションに出来ぬそうだ。

そのため私は家土地を担保にして銀行からかなりの借金をした。そのローンを返す

のは娘夫妻の責任だが、私も若い頃は世俗にまったく無知だったのに、齢をとっていくらか世間のことが分かるようになってきた。

パパやママが何時《いつ》交通事故で死ぬか、或いは重い病気にかかるか、それは神のみぞ知ることである。あまりに心配性かも知れないが、なにしろ爺馬鹿な私である。

しかし、貧乏になってかえって良かった。怠け者の私が今年はかなりの仕事をした。これからも勤勉に書こうと思っている。フミ君のためなら労も厭《いと》わぬ。私の誕生日はメーデーだ。つまり、生れついての労働者なのである。

こういう心がけをもっと早く起すべきであった。『楡家の人びと』を書くまではまだマシであったが、その後は『輝ける碧き空の下で』くらいしか大した仕事をしていない。

およそ三年間は約束した仕事をしなければならない。その中にはくだらぬものも含まれている。しかし、三年後からはいわゆるライフ・ワークめいた作品に取り組むつもりだ。そのための資料、本などはすでに用意してある。

話が孫のことから外れてしまったが、パパとママとフミ君の家もようやく出来あがった。同じ敷地内にあるのだから、もうしょっちゅう孫と会っている。

しかし、可愛いことはダントツだが、その相手をしていると疲れてしまう。

先日、新築の家でみんなと食事をした。もう用意が出来ているのに、孫は、

「ジイジ、ニカイ」

と言って、私を二階に誘った。もう階段も器用に登り降りする。

つまり、自分の部屋にパパが買ってくれた、長い線路、駅、踏切のある汽車の玩具がある。それで遊びたいのだ。一人で汽車を動かしてもつまらないらしく、誰か見てくれる人間が必要らしい。とにかく人見知りはするが、一家の中ではだんぜん我儘《わがまま》な子だ。

ナナちゃんと散歩していたところ、たまたま上空を飛行船が飛んで行ったそうだ。そのときのフミ君は、やはり驚嘆したらしく、目をこらし口をあけマジマジと見守ったそうだ。あんまり熱中した顔で凝視したもので、そばを通った大人があきれたように見やったという。

ナナちゃんが、「ヒコウセン」と繰返して教えると、孫はその言葉を覚えて、

「ヒコウセン、アッタ、オオキイネエ」

と言ったそうだ。

とにかく、何かに熱中する性格であることは確かである。


（1993・1・8）

だんぜん妻が悪いこと

私はよき夫ではない。しかし、ウツ期のときはほとんど口もきかずに寝室にこもってテレビばかり見ていて、妻を少しも叱ることがない。ただ交際好きで遊び好きである妻が、友人と会食したり芝居を見に行くときは、

「また行くのか。お前は家にいるより外出するほうが多いじゃないか」

と、多少大げさに嫌味を言うことはあるが、ただの一度も「いけない」と禁じたことはない。もっとも「いや、駄目だ」と言っても、妻は勝手に出かけてしまうのだが。

そして妻が留守をしているとき、どういう訳の訳柄か、しきりに電話がかかったり、或いは宅急便が届くのである。そのたびに億劫《おっくう》な身で出て行かねばならない。

ソウ期のときは、私は確かに大声で妻を怒鳴りつけたりする。しかし、ただの一度もその頬なりともパチンとやったことはない。

おまけに作家という虚名業であるから、取材なり講演などで旅をすることも多い。齢をとってから、妻を同行することが多くなった。殊にクルージングのときはたいて

いタキシードを必要とするから、自分一人ではそれを着られない不器用な私は、いつも妻を連れて乗らざるを得ない。

従って妻は、多くの旅もでき、一般の日本女性としては恵まれた身の上と言うべきではなかろうか。確かに私は欠点の多い人間ではあるが、いつも専横にふるまっている訳ではない。

ただ一つ、昨年まではまたゾロ株をウリカイしたことは大いに反省している。どんどん株が下る中で、損切りをして株を売り、今度こそはと狙った株を買うと、それがまた下る。そんなことで、十銘柄以上（いずれも千株でそれも安い株）あった株も、わずか数銘柄になってしまった。

妻は大いに怒り、証券会社から本券を取り寄せ銀行の貸金庫に入れ、判こをも取りあげてしまった。私は内心立腹はしたが、非は私のほうにある。

だが、長いあいだ（実はそれほどでもないのだが）ほっておいたおかげで、いくらか利食える銘柄も出てきた。今は株で儲けるよりも、損をしないことのほうが大切な相場である。だが、本券を隠されてしまっては売ることもできぬ。ちなみに妻は、預金通帳から判こまで隠しているので、私が銀行へ行って貸金庫を開けることは愚か、一体自分にいくらくらいの預金があるかも分らないのである。思えばみじめな男であ

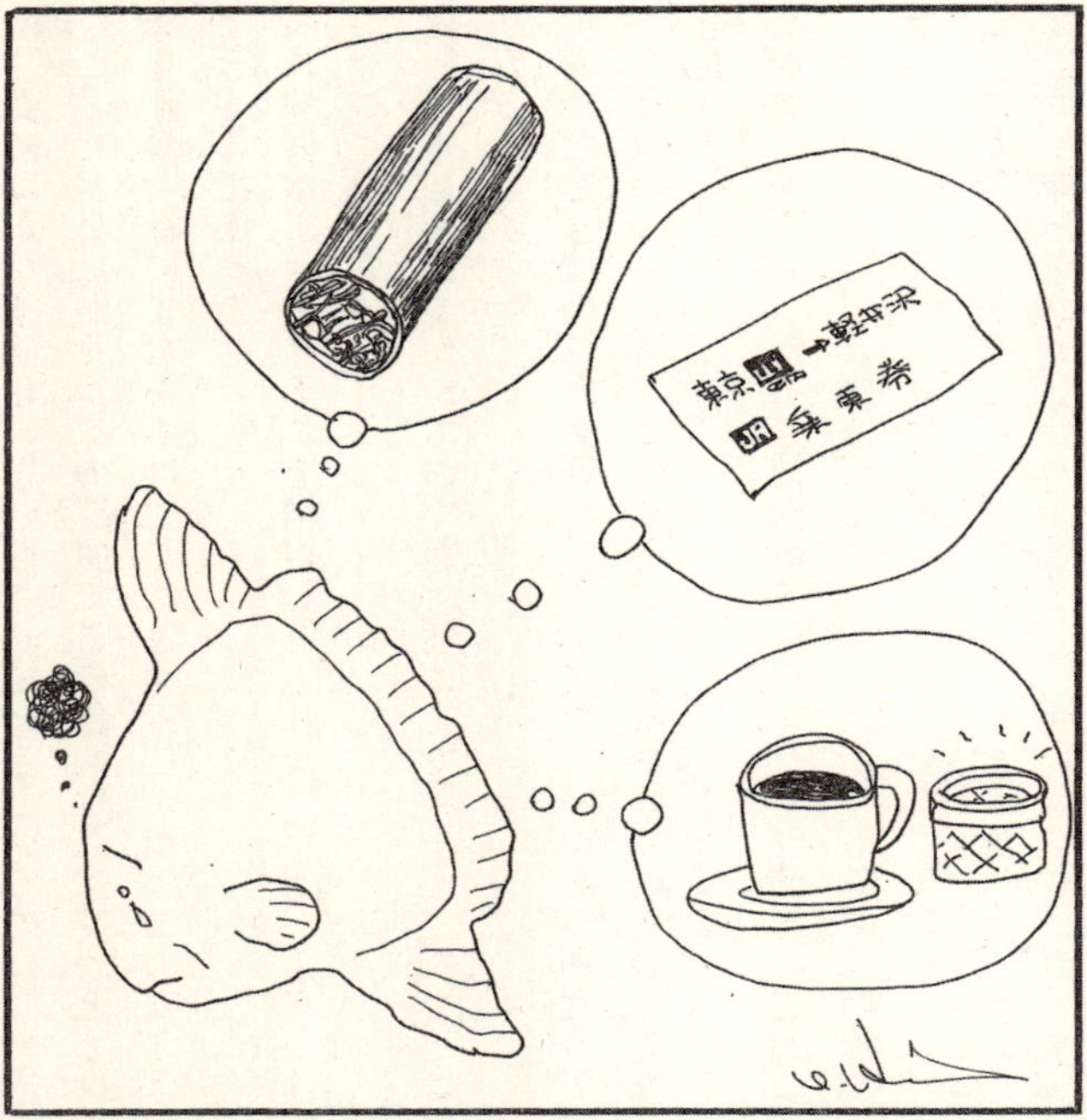
東京 →軽井沢
JR 乗車券

る、私は。妻にはかなり愉しい思いもさせているというのに。

そんなことで、私はかくかくの買値でこの銘柄はちょびっとではあるが利食えるから、本券を証券会社にまたあずけてくれと頼みこんだ。この交渉は、さながら日米摩擦のごときものであった。

ともあれ、妻はようやくそれを納得してくれた。だが、こうつけ加えることを忘れはしなかった。

「判こはわたくしがあずかっておくわ。判こまで渡すと、あなたは何時《いつ》ものように矢《や》鱈《たら》とウリカイするから」

「だが、売ったときは判こが必要だ。大丈夫だ。いったん利食っておいて、下ったときにしかもう買わないから。この銘柄は今人気づいているから売り時だ」

「何時《いつ》売るんですか?」

「そうだなあ。もうちょっと上値がありそうだ。サシ値をしておこうか」

「じゃ、売れたときに判こを渡します。もう二十年も株ではわたくしは懲りていますからね」

「もう完全に安全な方法をとる。利食えないかぎり株は売らないし、売ってもすぐ買わないでじっと時を待つから」

「そんな言葉、何十回聞いたか分らないわ。とにかく判こはわたくしがあずかります」

このような経過で、数日後私は一銘柄をちゃんと利食って売った。

証券会社の人がきた。当然、判こが必要になる。ところが妻はこう言ったのだ。

「あら、判こはこの前、あなたにあずけたじゃない？」

「冗談じゃない！　いったん渡しかけて、やっぱりわたくしがあずかっておくわと言って、持って行ったじゃないか！」

かくして、証券会社の人にも聞える、浅ましい口論が始まった。

「やっぱりないわ。あなたのところよ」

「阿呆！　お前が持って行ったのを、おれははっきりと覚えている。もう一度捜してみろ！」

とどのつまりは、やはり判こは妻が隠し持っていたのである。

この件ばかりは、妻のほうが完全に悪かったと読者も思ってくれるだろう。

その二、三日後、妻は娘と孫と一緒に、車で中軽井沢の山小屋に発《た》った。私はその翌日、汽車でその地におもむく予定であった。そのほうが私に欠かせぬ氷もできているし、車中で読書もできるからである。ただ、その頃の東京は暑かったので、妻は夕方六時の切符をとった。すると東京も異常な寒さになった。私は夕食前に山小屋に着きたかったので、ちょうど外出する妻に頼み、午後三時半の切符に代えて貰った。

「あなたはのろのろとしか歩けないから、二時には家を出たほうがいいわ」

と妻は言い残して、家を発って行った。

翌日、私は準備が早く済んでしまったので、二時十分前に家を出た。事実、何ヶ月ものウツ病で散歩一つしなかったので、女子供みんなに追い越される速さでしか歩けないからだ。

新宿駅で、私はその切符でJR線に乗ろうとした。すると、こう言われた。

「これは特急券だけですね。乗車券がなければ乗れません」

「乗車券はどこで買うのですか?」

万事にうとい私はうろたえて尋ねた。

「みどりの窓口です」

ところが、なにせ世事には恐ろしく無知な私は、そのみどりの窓口を捜し当てるのに多大な時間を要した。おまけに行列ができている。

私が早過ぎる時刻に家を出たのがよかったのだ。そうでなければ、私は指定の汽車に乗り遅れてしまったであろう。

このことも、やはり妻のほうが悪かったと私は思うのである。

更に山地に来て、三日経《た》って私はコーヒーを飲もうとした。ところが、そのコーヒーのびんが見つからぬ。娘がやっと捜し出してくれた。それに砂糖がない。相変らず友人と会食して戻ってきた妻に訊《き》くと、砂糖はまだ買っていないという。

私はふだんは毎日コーヒーを飲む。その夫の習慣なんぞ忘れてしまって友人と遊んでいる妻は、やはりだんぜん悪い女房なのではあるまいか。

（1993・10・1）

退院してもう二ヶ月以上になるのに、やはり元気にならない。仕事も最小限しかしていないのにすぐ疲れる。然《しか》るべき医者に聞いてみると、若いうちの肺炎なら一ヶ月二ヶ月で回復するが、六十代で重いそれにかかると、完全に体が本調子になるには半年近くかかるという。

特に寒い日は別にして、近所の羽根木公園に散歩に行く。先にこの公園には足腰を弱めぬようせっせと歩く老人が多いと書いたが、通うにつれそういう人にますます出会うようになった。

私にしてはせい一杯歩いているつもりでも、そういう老人は大股に私を追い越して行ってしまう。両手をふり、まっすぐ前を向いて一生懸命歩いている。私のはどうしても散策くらいなのだが、彼らは真剣である。もともと健康に気をつけている人か、何かの病気をして医者からすすめられたという感じである。自分が病気にならなかったなら、私はこういう人たちの真剣極まりない歩きぶりを見過していたかも知れない。

私の娘は未だに夫婦共働きで、孫は保育園へ行っている。残業の日には、私の妻が迎えに行っていたが、今年から私も加わるようになった。今は夫婦共働きのところが多いから、保育園に子供をあずける人もふえているらしい。大勢の子供を遊ばせてくれる先生たちは、病院の看護婦さんと同様、大変で貴重な存在である。

休日には、よく一家揃って羽根木公園へ行った。いちばん奥にあまり人の来ないちょっとした広場がある。三歳半の孫は家からボールを持って行き、ここでサッカーの真似事をする。次にコンクリートの迷路で鬼ごっこをする。それから「喉《のど》がかわいた」と言って、売店でジュースを一本飲む。次に砂場で少し遊んでから家へ帰る。必ず道順が判を押したように定まっている。

私も一人で羽根木公園へ行くときは、つい同じ道順を辿《たど》るようになった。「老いては孫に従えか」と、ときどき自分でおかしくもなる。

或る日、私は一人で孫がサッカーをやる広場へ行った。すると、私と同年輩の老人がただ一人、両手を左右にひろげて動きまわっている。その表情はやはりあくまでも真剣で、私が現われても我関せずに、異様な動作をつづけている。その足の動きを見て、私は彼がタンゴのステップを踏んでいるのに気がついた。老人は今どき珍しいクラシック・ダンスを習い、一人孤独に練習していたのである。おそらくダンスを始めたのも、遊びというより健康を考えたのではあるまいか。それにしても、おそろしく真面目にステップの練習を一人つづけるその姿は、公園の入口にある警察の注意書きの「不審な人」を思わせるものであった。

羽根木公園は梅の名所である。広い梅林があり、毎年二月には「世田谷梅祭り」が開かれる。梅は一月中旬から花を開きだすが、二月にはその盛りで、休日には沢山の屋台が出、あちこちから見物人が集まる。

二月の第一日曜日、私たち一家も孫と一緒に出かけて行った。

梅林のベンチはもとより、そこここに布をひろげて飲食する家族で一杯である。風船、お面、甘酒から種々の食物を売っている屋台の並ぶ道は群衆で身動きもできぬくらいの混雑であった。

幼年期、青山通りの縁日が楽しかった記憶は未だに私の頭に残っている。昔はバナナは赤痢になると言って禁ずる家が多く、私の家でもそうだった。その欲求不満から、私はずっとバナナを思いきり食べたいと思っていた。それで小学生になって小遣いがたまったとき一人で出かけて行って、古くて黒ずんだ五、六本の房を買いこんだ。新しいバナナだと二、三本しか買えなかったからだ。そして、家かげに隠れて、すべてのバナナをむさぼり食べたことがある。

また電気飴《あめ》も大人から禁じられていた。いかにもふっくらとしていて、どんなにうまかろうと夢想していた。だが、ずっと食べる機会がなかった。もう中学生になってから、野外教練の途中、どこかの神社で休憩した。その境内で電気飴を売っていた。私は夢中で長年あこがれていた綿飴をほおばったのだが、単なる甘い味で、幻想していたうまさとはほど遠いものであった。

私は孫にはそういう欲求不満を持たせたくない。それゆえ、どんな食品でも一度は味わわせてみたかった。

だが、あまりと言えば屋台の通りは混雑していた。で、次の機会にでもと考え、いつもの孫の道順を辿った。

帰途、物を売っている屋台とは違うテントが建てられている道に来た。

そこに行列ができている。マイクから、

「健全なお子さんのための恐竜ゲームです……」

という声が流れてくる。

近頃は恐竜ブームだが、どうして健全な子と結びつくのだろうと立ち止まると、係員の男が白い丸い玉を持って立っている。おそらくそれが恐竜の卵で、うまくボールを入れると賞品としてくれるらしい。

初めはそれも商売なのかと思ったが、「社会を明るくするためのゲームコーナー法務省」と書かれており、

「タダだそうです」

と、娘の旦那が言ったので、私たちは行列に加わった。マイクからは更に、

「非行を防ぐためのチョコレートを差しあげます」

との声が流れ、ますます興味を惹《ひ》かれたからである。

私が並んでいるのを見て、女性の係員が、

「お年寄りの方もやってください」

と言った。

さすがに恥ずかしかったが、孫のために恐竜の卵か非行を防ぐチョコレートを取ってやろうと思った。

ようやく順番がきて見やると、前方に三つの穴がある。小さな穴にボールが入れば恐竜の卵、大きな穴でチョコレートが貰えるらしい。

孫は三回ボールを蹴って一度大きな穴に入れ、チョコレートを貰った。それで目的の半分はかなったので、私は中止することにした。

そのチョコレートの袋には、

「非行防止チョコ『社会を明るくする運動』とは犯罪の防止と、非行からの立ち直りを助けるために法務省が提唱している運動のことです」

と刷られてあり、裏には、

「ハート型チョコをくだいて家族みんなで味わいましょう。一家団らんで心を割って、話し合うことが非行防止の第一歩です」

とあった。

くだらぬ駄じゃれで非行防止になるとも思えぬが、まあ「祭り」のことゆえ仕方あるまい。

（１９９４・４・１）

ソーダ水

家政婦のHさんがくる日、たまに孫と近くの羽根木公園へ行っていた。

公園は北沢警察署の裏手にある。その広い道へは、よく小さな子供が遊んでいる小路を通って出る。

孫は平仮名が読めるようになってから、その小路を出るとき、

「とまれ」

と言った。

なるほど安全標識のため、コンクリートの道に白ペンキで、「とまれ」と書いてある。

ところが、何時だったか、孫は、

「とまと」

と言った。

見ると近所の子供がイタズラしたのであろう、白ペンキの文字が「とまと」となっ

ていた。「とまれ」の「れ」を消して「と」と書かれている。Hさんは、

「子供のやるイタズラって可愛いですね」

と言っていた。

次にその小路を通りかかると、さすが日本警察、「とまと」がすでに「とまれ」となっていた。

これは昨年の夏の初めのことであった。

私は妻にやかましく言われて、一人でも散歩に出ることがあった。

家を出て、羽根木公園をごくざっと一周して帰ってくると、ヨボヨボした私の足でも四十分足らずで済んでしまう。すると妻は、

「あなた、一時間くらいは歩かなきゃ駄目よ」

と叱る。

一日、私はまた公園をめぐって戻りかけて時計を見ると、三十分しか経っていない。「とまれ」の白文字のある小路のすぐそばにソバ屋がある。

以前に一度だけ入ったことのあるそのソバ屋は、ごく大衆的なもので、それにその頃はまだバブルのはじける前で付近でむやみとマンションなどの工事をやっていて、その関係者などが集まる店らしかった。大食いの人たちのために、ソバとゴハンをセ

ットにしたメニューが並んでいた。

それが数年前、店を新築した。今度は前のものにひきかえ、格段と立派なかまえであった。私はソバは別の店からとっていたから入らなかったが、いかにも高級店らしく変ってしまった。おまけに近くに駐車場もあるらしく、その掲示がしてある。

ただ、初めのうち、前を通りかかって見ると、おかしなことに一人の客も見たことがなかった。

私は娘に尋ねてみた。前の安ソバ屋が高級ソバ屋みたいになってから客を見たことがないと。その返事はこうであった。

「あんな場所に高級店を作ったって客は来ないわ。でもあの店の持主は大金持らしいのよ。なんでもマンションなんかずいぶん持っているという噂《うわさ》よ」

私は初めは客の見えぬ店を気の毒にも感じたのだが、そんな金持なら余計な心配らしかった。

そんなこんなで、新築されてから私はその店へ行ったことがない。前を通るたびに様子をうかがうと、次第に客も入っているようであったが。

ともあれ、公園の帰途、まだ自分がそれほど歩いていないことに気づき、私はその店のドアの前まで行ってみた。ビールの小びんでも飲んでみようかと考えついたのである。

すると貼紙に、生ビールの大中小と並べてあって、中ジョッキが三百円と記されていた。意外に安い。

そこで私は店へ入った。広い室には客かげがなく、しかし横手の道路に面したロビイのようなところに四座席があって、二組の客がいた。私はそこで中ジョッキをゆっくり飲みつつ、煙草も好きなだけ喫うことができた。しかも、家へ帰れば一時間以上にもなろうから、妻にも叱られずに済む。おれはけっこう頭がいいなあと、内心得意になっていた。

私は安いビールを飲み満足して帰宅してからも、もちろん妻にはそのことを言わなかった。

次の週、私はまたHさんと孫と一緒に公園を歩いた。帰途、そのソバ屋の近くにくると、またビールが飲みたくなった。

Hさんと孫には何かジュースくらいあるだろうと、店の扉の前に行くと、Hさんが貼紙の中から「ソーダ水」という文字を見つけた。

「あら、ソーダ水なんて懐しいですわ」

とHさんが言うので、私は店に入り、自分には中ジョッキ、他に二つのソーダ水を頼んだ。

私もどういう訳か、避暑地で喫茶店に入ると、よく「クリーム・ソーダ」を注文する。緑色の液体にアイスクリームが入ったそれは、少年時代の郷愁を感じさせるからだ。妻が、

「あなたって子供っぽいのね」

と言うくらいだ。

ところで、そのソバ屋で持ってこられた「ソーダ水」は、緑色というより藍《あい》色をしていた。緑のそれは子供むきだが、このほうは大人むきの色合と言ってよい。

私は自分のビールを飲んでしまってから、Hさんと孫に頼み、残ったソーダ水を飲んでみた。いやにおいしく感じられた。

しかし、勘定を頼むと、ソーダ水はビールより高く、三百五十円であった。

その数日後、私一人が孫をあずかることになった。

孫はひとしきりビデオのマンガを見ていたが、やがて退屈してきたらしく、

「ジイジ、Tに行こうよ」

と言いはじめた。

Tというのは、そのソバ屋の名前である。孫はすっかりソーダ水が気に入ってしま

ったらしい。

「でも、ママやバアバに叱られるよ」

するとと孫は自分の口に手を当てて、

「シーッ」

と言い、

「ないしょ、ないしょ」

とつけ加えた。孫は私より頭がよいようであった。

結局、私はそこへ行き、自分はビールを飲み、最後には孫のソーダ水を一口飲んで帰った。

そのときのソーダ水にはサクランボが入っていたので、孫はいっそう喜んだ。

そんなこんなで、いったん山地へ行き帰京してからも、私はHさんと孫と二回くらい、そのソバ屋へ通った。

孫がソーダ水のことをバアバにしゃべったので、私が散歩の帰途にビールを飲むこともバレてしまった。


（1996・2・2）

お化け屋敷

妻と二人で軽井沢の山小屋にきた。

相変らず体調がわるい。何もせずゴロゴロしていると、友人が交通事故で入院した。それから毎日見舞に行き、心理的にも疲れきった。そうして病院へ行っていると、骨折などの患者さんが意外に多い。或る女性は自転車で転倒して骨折し、或るお婆さんは孫をつかまえようとして骨折したそうだ。気のせいか救急車のサイレンがよく聞かれるようである。

私はもう何年も車の運転をしていない。乱暴な運転をするから危ないと言われて、妻から禁止されてしまったのだ。

それでも四年前の或る朝、早くに目覚めて急に運転がしたくなった。玄関にキイがかけてあったので、ひそかに車を出し、動かしてみるとあんがいスムーズに行く。

「やはりおれは年季が入っているからなあ」

と得意になって、片手ハンドルでかなりのスピードで帰ってきたら、山小屋の入口に止めてあった他人の車にかすってしまった。妻に叱られ、以来一切運転しようという気が起こらない。免許だけは持っていようと思っていたが、これも先年バリに行くゴタゴタで、気がついたら切れてしまっていた。しかし、友人などの事故を見ると、もう車と縁のなくなったことを幸せと思っている。

そのうち、娘夫妻が一週間ほど、来ることになった。もの寂しい暮しがにぎやかになったが、孫が朝から騒ぐのがやりきれない。

私の父は孫を溺愛《できあい》したが、

「自分は内閉的な性格なので、孫は可愛いが、本当は一人こもって食事をしたい」

という意を書いておりり、私の本音もそうである。

しかし、軽井沢の祭りの夜を孫に見せたいと娘が言うので、仕方なしに同行した。私は病院へ行くほか一切外出しないので、軽井沢銀座に来るのは今年初めてであり、おそらく最後であろう。

祭りがあるせいか、銀座通りは例年より人が混んでいるようであった。アイスクリーム屋の前は行列ができている。

祭りのある神社へ行くまえ、娘の旦那はお化け屋敷の前で、

「これ見ましょうか。３Ｄですよ」

と言った。

看板に「３Ｄ　恐怖の森館」とか書いてある。

孫は、

「こわい。嫌だあ」

と言った。六歳になって生意気盛りだが、ごく臆病である。妻も、

「わたくしは、こういうの生理的にダメなのよ」

と言った。

このお化け屋敷は何年も前からあるのだが、まだ入ったことはない。それで一度は体験してみようと、妻を残してみんなで見ることにした。

入口で眼鏡《めがね》をかけさせられる。立体的に見えるというのだろう。

暗幕を抜けて場内に入ると、やたら「キャア、キャア」とか、いろんな音響が聞こえてくる。

テレビのような画面に、お化けの顔が映る。不気味な顔がずらりと並んでいるところもある。

と思ううちに、私は思いだした。このお化け屋敷の店ができた年に、一度見たこと

があったのである。あのときは、お化け役の本物の人間が二人いて、手をひろげたりして客を驚かせたものであった。その頃は私はまだ元気であったから、とっさに拳闘の身がまえをし、

「やるか！」

などと叫んだものであった。アルバイトのお化けはそれで逃げて行った。

それにしても、一度見たことがあったことすら忘れているとは、私もアルツハイマー病になっているようだ。

そう思いだしてみれば、もうお化け屋敷にも何の感興も起こらなかった。本物の人間のお化けは、はたして一人出てきた。しかし、前は客をこわがらせようといくらかの演技をしてみせたその人間も、単に私たちの横を歩いてみせただけであった。

そんな訳で、せっかくのお化け屋敷もくだらないだけで終ってしまった。

孫は外で待っていた妻に、

「バアバ、フミ泣かなかったよ」

と報告していたが、実はずっとパパにダッコされていたのである。

私はおもしろくなかったが、あとで自分が子供の頃のことを思いだした。

夏休みを箱根で過した日々は、活発な従兄《いとこ》二人もいたこととて最高に楽しかったが、

こわい体験もしばしばした。

夜、ゴーッと山風が吹きおろすと、それだけで怖ろしかった。家の周囲にある杉の大木が一種の音を立てるのである。

また俗称足長グモがやたらにいた。昼間はそのクモもこわくなかった。年上の従兄はそのほそい糸のような足をむしったりした。ところが、夜にその足長グモが畳の上をまさぐるようにして歩いているのを見ると、背すじがゾッとした。

もっとも怖ろしかったものが二つある。

一つは「アルクシ・ガイ」。これは姉が「歩く死骸《しがい》」というアメリカの怪奇映画を見てきて、その筋を私たちに話した。姉の発音もわるかったのであろうが、私たちはそれを「アルクシ・ガイ」と聞きとった。「アルクシ・ガイ」とは何のことやら分からず、それだけいっそう不気味であった。

私たちは夜、みんなで硫黄泉に入っていて、ちょっと窓がガタガタしても、

「そら、アルクシ・ガイが来たぞう」

とか言いあって、恐怖におののいたものであった。やがて「歩く死骸」の意であることが分かってから、その恐怖は遠のいた。

私たちがみんなで寝る八畳の間には床の間がついていた。そこに小さなホテイさま

が置かれてあった。

どういう訳か、私たちはそれを「ドデヤ」と呼びだした。ドデヤはお化けの一種で、昼間は何喰わぬ顔でホテイさまのふりをしているが、みんなが寝静まった頃、急に浮びあがって空中を飛ぶというのである。
　夜中にひょいと目覚めて、薄暗い電燈の下でそっと床の間を見ると、ホテイさまがうずくまっている。それがそのうちドデヤに変身して、いきなり宙を飛ぶと思うと、それこそ真実こわかったものだ。
　しかし、お化けを信じなくなったわが身はなぜとなく哀れである。孫は当分まだお化けがいると思っているだろうが。

（1996・10・11）

オヤマ

娘が幼い頃、私はかなり仕事をしていたのであまりかまってやらなかった。それで私にはあまりなつかなかった。

当時、私は二階の書斎で仕事をしていて、疲れるのでコーラにウイスキーをまぜて飲んでいた。娘はコーラが目当てで、ときどき二階にやってくる。邪魔になるので一口二口コーラを飲ませると、追いはらってしまう。まだ階段を降りるのは危ないのでダッコして階下に連れてゆく。これでは子供がなつくはずがない。

そのうち私はカラコルム登山隊に参加した。山中には四十日ほどいた。第一次アタックが失敗し、日本に仕事があって時間切れの隊長とマネージャー役の隊員と私の三人が一足早く下山した。

隊長たちはカラチで役所めぐりしなければならなかったので、私一人パキスタン航空で発《た》った。インドのニューデリー経由で香港まで飛ぶはずであったが、ニューデリーで一泊することになった。こういう場合はホテル代は航空会社持ちである。のちにフィリッピンに行くとき飛行機の故障で成田のホテルに二泊ただで泊ったことがある。パキスタンでは土産物とてなかったから、香港に着いた私は買物をするつもりであった。出発は翌日の午後おそくのフライトであったから、山中で朝に起きる習慣のついていた私はモーニングコールも頼まなかった。ところが目覚めてみると午近《ひる》かった。やはり山中の疲労がたまっていたらしい。慌ててルーム・サービスを頼み、フライド・エッグは三つと言った。すると一人分が三個で、九個の卵がとどけられた。私はボーイに「あなた、食べろ」と言い、パンとハムと五つほどの卵をしゃにむに口にほうりこんだ。それをボーイがあきれた顔で眺めていたのを覚えている。

外へ出る時間もなく、ホテルのアーケードでわずかな買物をし、私は空港に向った。

羽田に着くと、妻が娘を連れて迎えに来ていた。

娘は小さな声で「パパ」と言い、なにかしおらしい顔をしている。タクシーに乗ると、私の膝《ひざ》に乗り、やはりしおらしい顔をしている。

妻が、

「パパは疲れていらっしゃるから、おんりしましょうね」

などと言うので、私はうらめしかった。もっと抱いていてやりたかったのである。

その夜のことである。私たちは一つの寝室にみんなで寝ていた。私と妻のシングルベッドがあり、そのわきに娘のベビイベッドがある。

それまで娘はまだ一人でオシッコができず、夜中に一、二度妻がゾウさんのオマルにさせていた。私はその頃は午前三時、四時まで起きていたから、娘の気配で眠っている妻を起こす。

ところが日本に帰ってきた深夜、私が寝酒を飲みながら本を読んでいると、向こうのベビイベッドで娘が起きあがるのが見えた。私は娘が洩《も》らしてしまったのかと思った。

すると、娘はベビイベッドの柵を乗りこえて床に降り、自分でゾウさんにまたがってオシッコをし始めた。それからティッシュペーパーで尻をふき、またベッドにあがって寝てしまった。

見ている私は胸を突かれて思った。

「おれが山へ行っているうちに、一人でオシッコをするようになったか」

娘の変りようはそれだけではなかった。いつもはそばにあまり来ない娘が、私にぴったり寄りそうようになった。やはり一ヶ月半も不在だったパパが帰ってきて嬉《うれ》しかったのかも知れない。

そして、

「パパ、どうちてオヤマなんかに行ったの？」

などと訊《き》く。

それまであまりよいパパでなかった私も胸が一杯になり、やむを得ぬ仕事で書斎から娘を追いはらうときずいぶんとつらかった。

とにかく、山へ行ったきっかけから私は娘をかまうようになり、娘も私になつくようになったのである。

娘がもう少し大きくなると、

「ママ怒るから嫌い。パパ優しいから好き」

などと言って私の心を甘くくすぐった。

その頃、妻は神経痛があり、娘と一緒に散歩できなかった。

そこでますます私のところに来る。

「パパ、あっち行ってこっち行っておサンポしようよ」

手をつないで近所を散歩する。まだその頃は少しだが田畑があった。

「これはお米のなる草だよ」

とか教えてやる。

その頃、娘はムシに興味を持っていた。

「さすがおれの子だ」

と思っているうち、やがて娘は虫をこわがるようになった。妻が虫が嫌いで、なかんずく蛾《が》が嫌いだった。小さな蛾がはいってきても、大仰にさわぐ。そのため娘もそうなってしまったのである。

家の周辺は住宅街だが、あちこち散歩をしているうち、かなりの空地を見つけた。おまけに中央が小山になっている。娘は初め急斜面を登るのをこわがったが、すぐに面白がるようになった。

「パパ、またオヤマへ行こうよ」

と誘いに来る。

そこでカラコルム登山のときに貰ったピッケルを持ってオヤマへ行く。娘が大きなピッケルにすがって斜面を登る姿を見て、

「大きくなったら女性アルピニストにしてもいいな」

などと愚かな私は思った。

ときには魔法びんに茶を入れて持って行って、オヤマで二人して飲んだ。思えば、あの頃が娘にいちばん優しかった。

そのうち娘は幼稚園へ行く年齢となった。ここで私たち夫婦は失敗した。

「ユカ、いい子でなければ、幼稚園へ行けませんよ」

と繰り返し言ってしまったのである。

娘はだしぬけに、こう言うようになった。

「ユカちゃん、幼稚園へは行かないの」

「どうして？　幼稚園は楽しいよ。お友達が一杯いて」

「ウン、ユカちゃん、幼稚園へ行かない」

初めての登校日、私はいささか心配だった。送って行った妻に訊くと、やはり泣いたそうである。

しかし、娘はすぐに幼稚園に慣れた。

「先生とママとどっちが優しい？」

と訊くと、

「先生のほうが優しい」

と言うようになった。

とにかく、幼児というものはほんの少しのことでも変ってくる。


（1997・9・19）

ポケモン

もう何ヶ月か前、小学一年生の孫が帰ってくるのを駅まで迎えに行った。駅の近くに小さな本屋さんがある。孫はそこで雑誌を買いたいと言った。「コロコロコミック」というマンガ雑誌である。

わが家にはまだかなりのマンガ雑誌が送られてくる。或《あ》る出版社は親切で、娘が幼稚園、小学校にあがるにつれ、それに応じた雑誌を送ってくれた。孫に対しても同様である。ずっと昔、マンガ賞の委員をしていただけであるのに。

孫はその雑誌は見るが、他のマンガ誌をべつに見ることもなかった。不思議に思って尋ねると、小学生の仲間はみんなその雑誌を見るのだと言う。

やがて、ポケモン、ポケットモンスターなるマンガがそれに載っていることを知った。

やがて、なんだかカードのようなものを、近所の子供と見せあったりするようになった。それはポケモンのカードであった。

かくして私はポケモンの存在を知ったのだが、小さな子供を持たぬ大人はそんな名は知らないらしく、週刊誌に「ポケモンとは何か」などという記事が出るようになった。

まあ何時《いつ》の時代にも人気マンガはあったから、その一つなんだろうくらいに私は思っていた。

ところが、その人気が並々ならぬものであることを最近になって知った。

孫は食が細く、夕食もまるで義理のようにしか食べない。私の妻、つまりバアバは、孫は食事のときになると眠くなるのだと笑っていた。食糧難を体験した世代には信じられぬことであろう。

或る夕食時、孫は珍しくパクパクと食べた。あとでテレビがあるからというのである。ポケモンのテレビである。

その日は日本シリーズがあったので、私、つまりジイジはテレビは野球を見ると言っておいた。

「いつもジイジはフミの言うこと聞いてるだろう。だから今夜はジイジが野球を見る」

以前はジイジの言うことなんか無視していた孫も、小学生になってからいくらかフンベツがつくようになってきた。しかし、食卓で見られないとなると、ジイジの寝室のテレビで見るより仕方がない。夜、一人で寝室へ行くのは少しこわいらしい。ところが、その夜は夕食をパクパクと食べたと思うと、一人で寝室へ行ってテレビを見だした。そんなことは初めてのことである。

私より孫と話をして、ポケモンのことをいくらか知っているバアバが言った。

「ポケモンには、オコリザルなんていうのもあるのよ」

私はおかしくなった。私のことをしょっちゅう怒っている妻こそ、オコリザルだと思ったからである。

孫に、「肘《ひじ》をつかないで」とか「早くお食べなさい」とか注意する妻がいないとき、

「バアバはうるさい？」

と訊《き》いたら、孫は、

「少しうるさい」

と言っていた。

とにかくその夕食時は、孫がいかにポケモンに夢中になっているかが分かっただけで済んだ。

そのあと、私はまた週刊誌で、ポケモンには百五十一種の種類があることを読んだ。

またポケモンのテレビの視聴率はトップだそうである。

次に孫を駅まで迎えに行った帰途、私は少し孫と話した。私が杖《つえ》をついてようやく迎えに行くのに、孫は笑顔も見せない。先に立ってつまらなそうに歩いてゆく。

しかし、その日は私がポケモンについて尋ねだすと、いつになく会話に乗ってきた。

「ポケモンには百五十も種類があるってね」

「百五十一」

と孫は言った。

「いちばん強いのは？」

「ミニリュウ。これはマキツキをやるの」

ミニリュウは小さな龍のことであろう。多分相手に巻きつくのであろう。

しかし私は、妻に似ていると思われるオコリザルのほうに興味があったので、

「オコリザルって、バアバに似てる？」

と訊いた。

孫は黙っていた。そこで、

「オコリザルとバアバとどっちが怒る？」

と尋ねてみた。

「オコリザルのほうがずっと怒る」

と孫は言った。

「それに、メチャメチャにあばれるよ」

妻は怒りっぽいが、べつに暴れはしない。やはりポケモンは人間とは違うものらしい。

そのうちに、次週のポケモンのテレビの時間になった。

日本シリーズは終っていたので、私も孫も食卓でテレビを見た。

なんだか人間の子供が出てきて、少しもポケモンらしきものは現われぬ。

「どれがポケモンなの？」

「今に出てくる」

孫はずっとテレビを見つめていて、ほとんど食べようともしない。

「じゃあ、ポケモンが出たら教えて」

「黙ってて」

と孫は言った。

そのうちに地面から何やらモグラのようなものが出てきた。

「あれは何？」

「うるさい」

と孫は言った。

テレビが終ってから改めて尋ねると、孫はポケモンのカードを持ってきた。

その晩に出たポケモンは、ディグダ（あなをほる。どろかけ）とある。もう一つはダグトリオ（きりさく。じしん）とある。

とにかく、かくのごときものが百五十一あるのだ。

また、ポケモンの歌というのがある。それには百四十九のポケモンの名前が入っているという。二つがないのは伝説ポケモンだからだそうだ。

この歌はお経のような節で、今の小学生はたいていこれを暗記しているらしい。

私は昔、「ジンム、スイゼイ……」と歴代の天皇の名を暗記したことを思いだした。

その翌日、孫が国語の試験の答案を持ってきた。ぜんぜん出来ていない。犬を間違って大としてある。十の答えなのに九と書いてある。

大人たちは口々に言った。

「ポケモンの名は百五十一覚えていて、こんな問題みんな間違っているじゃないの」

（1997・12・12）

大盤振舞

妻が娘一家とスキーに行くことになった。

誰もいなくなるから私の食事が困る。以前だったらスーパーで弁当でも買ってきて済ませるが、歯がわるいので柔かいものしか食べられない。

そこで妻は、週一回来てくれる家政婦のハルミさんに頼んだ。金、土、日と他の仕事のあとに家に来てくれるように頼んだらしい。

ハルミさんはやってきて、私が「すまないね」と言うと、

「奥さまに脅迫されましたから仕方がありませんわ」

「キョウハク？」

「ハルミさんが来なかったら、旦那さまは餓死するわって（笑）。」

「それで三日来てくれるわけね。オカズなんかのお金、置いて行った？」

「ええ、三千円だそうです。オオバンブルマイだと電話でおっしゃいましたわ」

なんでも前にスキーに行ったときは、三日で二千七百円だったそうだ。今度は三百

円多いからオオバンブルマイだと妻は言ったそうだ。

「なんで三千円でオオバンブルマイですかって尋ねましたら、いまうちは緊縮財政だからっておっしゃいました。遊びに行くのに、なんで緊縮財政なんですかって尋ねましたら、遊びに行くから緊縮財政なのよ、っておっしゃいました。いやあ、奥さまの口の達者なこと、とてもかないませんわ」

私はオオバンブルマイの夕食を三日間食べて過した。ハルミさんはダイエットするからと果物くらいしか食べない。それで私はけっこうお刺身など食べられたのである。このダイエットというのも私には分からない。娘も先頃ダイエットと称してほとんど食べなかった。

私は未だに戦後の食糧難を覚えている世代である。戦後、旧制高校が再開された頃はまだよかった。まだ米の雑炊であった。箸を立ててみて、箸が立つときは喜んだりした。

その頃、最大の御馳走《ごちそう》はカレーライスであった。カレーには固い飯がつく。初めはコーリャンをまじえた赤白ダンダラの飯であったが、すぐコーリャンだけの赤い飯になってしまった。

カレーはまったく辛くない。それで私たちはソースをダボダボとかけた。大根の輪切りがついていて、四人に十四切れだと見ると、なんとか四切れを食べたいと思ったものだ。

終戦の年の秋、柿《かき》が豊作であった。買出しに行くと十円で袋一杯買えた。あの柿がなかったならと思うと、ゾッとする。

空腹だと、夜眠れなくなる。そこで畠《はたけ》からネギを盗んできて、ナマのまま食べると、涙が出てとまらなくなるのであった。

オオバンブルマイの食事をとっていると、孫から電話がかかってきた。

これからナイターへ行くと言う。

「じゃあね」

と、そっけなく電話を切ってしまう。

そもそもスキーは私はできない。学校が松本だったと言うと、誰もが「じゃあ、スキーなんかやられたでしょう」と言う。しかし、食べるのにせい一杯でそれどころではなかった。

孫は三歳の頃からスキーに行った。パパの撮ったビデオを見ると、けっこう転ばずにスイスイと辷《すべ》る。これも私には信じられぬことである。

孫はオモチャなど沢山《たくさん》持っている。私が子供の頃はクギなどで遊んでいた。食物を有難いとも思わず、オモチャを沢山持ち、スキーなんかしている子供はシャクである。

だが、仕方がない。

そう思っているものの、私も孫のオモチャをけっこう買ってやっている。

杖《つえ》をついて孫を駅まで迎えに行くと、孫はそういうときだけニコニコして言う。

「久しぶりだから、シール買っていい?」

ポケモンのシールである。面倒だから百円少々渡してやる。

家でも、ポケモンのオモチャで長いこと遊んでいる。

「それ、なあに?」

と尋ねると、

「静かにして!」

などと言う。

バアバが注意すると、

「バアバ、超むかつく」

なども言う。

そういうとき、妻は一応怒ってみせる。しかし、すぐ笑ってしまうから効果がない。

東京はこの冬、三度ほど雪が降った。これほどの雪は昨今では珍らしい。

また突風の吹く一日があった。

孫はベランダにあった自分のサンダルを持ってきて、

「とばされるといけないから」

と言って台所へ持って行った。

あとで帰ってきた妻が言った。

「可愛いわねえ。風にとばされるからって、自分のサンダルだけ台所にしまったのよ」

こんな具合では、ろくな人間に育たぬであろうが、やはり仕方がない。

ハルミさんは相撲好きである。冬のオリンピックなどには興味を示さない。カーリングを見てこう言った。

「他のスキーなどでしたら骨折するかも知れませんが、これならあたしたちでもやれますね」

相撲についてはうるさい。

「どうしてこの塩まき男はけっこう勝ちこすんでしょうね」

やはりいい男のほうが好きらしい。以前は小錦が大嫌いであった。

「どうしてあんなに大きな皮膚なんでしょうね」

ハルミさんは貴、若ビイキで、今場所は貴乃花がダメだったから、なんとか若乃花に優勝してもらいたかった。そうでないと、いざというとき、もう食事を作りに来てくれないかも知れないからである。

若乃花はずっと勝ちつづけて、もう間違いないと思っていると、曙に敗けた。

この原稿はもっと早く送るべきだったが、優勝がわからなくなったので、つい千秋楽まで待ってみようという気になった。

結果はあっけなく若の優勝である。これでハルミさんはまたオオバンブルマイの食事を作ってくれるであろう。

（1998・5・1）

みちのく

ゴールデン・ウィークの休みに、娘がみんなで山形へ行こうと予約していた。私は背骨の圧迫骨折が分かって旅どころでないのだが、これも最後かと思って無理して同行した。娘はまだ茂吉記念館も見ていない。それで背あてを持って杖《つえ》をついて列車に乗った。

茂吉の「死にたまふ母」の連作に次の歌がある。

灯《ともし》あかき都をいでてゆく姿《すがた》
　かりそめの旅と
　　人見るらんか

吾妻《あづま》やまに雪かがやけば
みちのくの我が母の国に

山形県の上山市《かみのやま》には親類の宿もある。初めはわが家ではこの宿に泊めてもらっていた。ところがワガママな母が、世の中が豊かになってからは、あそこには蚤《のみ》がいるとか言って、Kという旅館を定宿とした。兄や私たちもついついそれにならっていた。

この宿の食事はおいしい。食いしん坊であった母が気に入ったのはこれも原因であったようだ。私たちの夕食も大バンブルマイであった。

メインは牛肉のしゃぶしゃぶだったので、歯がわるい私は初めその皿を他にまわそうとした。しかし、米沢牛で柔かいからと言われ、食べてみるとその通りである。このような肉を食べたのは一年ぶりのことであった。

私は坐っていても背が痛く、まして食べるにはかがむのでますます痛い。それを堪《こら》えるだけでせい一杯で、食事中話もしない。それが珍しく、「おいしい」とひとこと言ったので、娘は、

「お言葉を発せられましたね」

と言った。

翌日、娘たちはどこかへ出かけて、私は部屋で休み、午後から父の墓参りに行く。

茂吉の墓は分骨して、東京青山と故郷の上山近くの金瓶村《かなかめ》の二ヶ所にある。東京のものは死後、母たちが作ったものだが、金瓶の墓は昭和十二年に父があらかじめ作っておいたものである。「茂吉之墓」と刻まれたそれは、師左千夫《さちお》の墓よりも小さくされ、ささやかなものである。

宝泉寺という寺にあるその墓は、アララギの樹が茂る中に置かれている。青山の墓にも兄がアララギを植えたのだが、ほとんど枯れてしまった。しかし、故郷のアララギはよく育っている。

茂吉はあくまでも山形県人であった。晩年、すでに痴呆《ちほう》化してからも、

「靴を出せ」

「山形へ行く」

などと、まわらぬ舌で言っていたものだった。

「死にたまふ母」中の有名な歌、

はるばると薬《くすり》こもちて来《こ》し

われを

目守《まも》りたまへり

われは子《こ》なれば
桑の香の青くただよふ
朝明《あさあけ》に
堪《た》へがたければ
母呼びにけり

以来のなつかしい故郷なのである。

そのあと、寺のそばにある斎藤十右衛門さん宅に寄る。

ここは、茂吉が大石田《おおいしだ》へ行く前に疎開していた家である。茂吉の妹がこの家に嫁《とつ》いでいて、その土蔵の中に暮していた。

青山の家が空襲で焼けてからは、母と妹も世話になった。更に旧制松本高校の寮にいた私も、敗戦直前と戦後、何日かを過させて頂いた。

寮では雑炊ばかりの食事をしていたが、ここでは白米であった。しかし、自分ばかりか妻子まで世話を受ける父は非常に気がねしていて、

「三杯以上は決して食べるな」

と、きびしく私に命じていた。

あの頃は固い御飯がどんなにうまいかとつくづく実感したものであった。

そのあと、茂吉記念館に寄る。

茂吉の高等小学校当時の図画。茂吉はタコ絵を描いていたが、それ以外の絵も実にうまい。娘の旦那が感心していた。

展示は孫にとっては退屈だろうと思ったが、ちょうど茂吉の生涯をあつかった映画がかかっていて、孫はけっこう本気で見ていた。

箱根の二間だけの勉強小屋は、兄がここに寄付をした。洗い清められているからなかなか立派に見えるが、戦争中に建てたものゆえ、実は粗末なものである。

茂吉が疎開先から帰京してからの三夏、ほとんど私と二人でここに過した。私はすでに父を崇拝するようになっていたから、初めは孝行しようとおののくような気持で行くのだが、何日か父のそばで暮すと、そのあまりに強烈な体臭に圧倒され、早く休みが終らぬものかと思ったりしたものだ。

炊事は石油缶を切ったものをコンロにかぶせてやった。まず米を炊き、あとに残った炭火でミソ汁など煮た。この私がよくやったと思うが、松本で半自炊の生活をしていたからあんがい手早くやってのけたようだ。

小さい孫にとってはこんな記念館は何のことやら分からぬことであろう。しかし大きくなったとき、その胸に何かが残るかもしれぬ。孫は先に青山の「ジイジのパパのお墓を見に行こう」と言ったとき、「チャコ（死んだ猫）のお墓のほうを見たい」と言っていたものだが。

翌日は私は部屋で寝ていて、みんなは蔵王山の中腹のお釜を見に行った。ここは緑色の沼があって観光名所の一つである。

ここから登った山頂近くに、茂吉の歌碑がある。茂吉は自分の歌碑を建てることをずっと許さなかった。上山に住む弟の願いを入れて、唯一この歌碑を建てた。

みちのくをふたわけざまに
　聳《そび》えたまふ
　　蔵王の山の
　　　雲の中に立つ

蔵王山を聖なる山と崇《あが》めていた幼少期からの思いがこめられている。

母は一度だけこの歌碑を見に行ったことがある。すでに老境で、急斜面を登るのに、大男の運転手さんに背おわれて登った。

お釜を見てからみんなは、上山競馬場に寄ったそうである。最後の十二レースが行われる前で、孫がパドックで選んだ馬を単で五百円買ったら、一着となり千百円となって戻ってきた。バアバがその金をあずかっていた。

そのあと、宿で私を拾ってから、上山駅で妻が運転手さんに代金をはらおうとしたら、孫はずっと気にしていたらしくこう言った。

「バアバ、フミのお金使わないでね」

（1998・7・10）

箱根山

幼い日から夏休みを過した箱根での生活は、幾度も書くようだが天国に似た日々であった。

強羅《ごうら》にあった山荘のベランダの正面に、明星ケ岳《みょうじょうがたけ》がそびえていた。毎年八月十六日の祭りの夜に、京都の大文字焼きを摸《も》して、その頂き近くに「大」の字の火がともる。闇《やみ》の中にあかあかと燃える。やがてそれは薄れてゆき、また闇になってしまうのだが、或《あ》る年にその火が近くの灌木《かんぼく》にでも燃え移ったらしく、小さな山火事になった。

そのときのことを私は『楡家の人びと』の中に書いたが、星新一さんがやはり少年時代を宮ノ下で過していて、

「ぼくもあれを見たよ」

と言ったことがある。

父とそこへ登ったことがある。父は汗っかきだったから、まだ暗いうちに家を出、朝日が昇る頃には山頂に着いているのだった。カヤの生い茂った中でパイナップルの

缶詰を食べる。それがごく美味であった。

反対の早雲山《そううんざん》にも大人たちと一度登った。そこで私は珍らしい蝶《ちょう》を見た。こんな蝶が日本にいるのかと思った。やがて昆虫マニアになって思い返すと、それはアサギマダラであった。

小学生の頃は、山に登ったのはそのくらいであった。中学に入って本格的に虫を集めだしてから、一人で早雲山に登った。途中で、「ミョーケン、ミョーケン」と奇妙な声で鳴くセミに出会った。強羅にはいない種類で、エゾハルゼミであった。上のほうにはエゾゼミ、コエゾゼミがいた。

それから幾度も、私は一人で早雲山に登った。珍奇な虫欲しさからであった。朝食をすましてすぐ家を出、虫の少ない杉林のつづく中腹はせっせと登り、頂き近くの尾根でゆっくりと虫を採り、帰路は駈足《かけあし》でくだった。昼食に間にあうくらいの早さであった。

やがて戦争が激しくなり、私は工場に動員された。夏休みどころではなかった。しかし、定休日に、私は級友と一度だけ強羅に行ったことがある。なつかしい家の近所を散歩していると、竹林のわきに、「タケノコをとってはいけません」という立札が立っていた。立札があるくらいならタケノコがあるのだろうと入ってゆくと、果してすばらしいタケノコが見つかった。私たちはそれを掘ってきて食べ、「あの立札を立てた人はマヌケだな」などと言いあった。

やがて敗戦。箱根などは縁遠くなった。

しかし山形に疎開していた父は、昭和二十三年からの三夏を、また強羅で過すようになった。母屋は無断で人に借りられ、二間きりの勉強小屋である。仙台の大学へ行っていた私が、炊事そのほか一切をやった。

高校時代に父の短歌を初めて読んだ私は、こわく煙ったかった父をすでに崇拝するようになっていたから、夏の休暇の前にはおののくような気持でいるのだが、何日か父のかたわらで過すと、そのあまりに強烈な自我に圧倒され、早く休みが終ればいいなどと思うのだった。

父は何かを命ずると、ただやらせていればいいのに、じっとわきで見はっていて、一々文句を言った。チリトリでゴミをとるにも、「そうじゃない」とうるさく注意した。

山へ登る閑《ひま》もなかった。もっとも空襲ですべての標本を焼いてから、私はもう虫はあきらめていたから、べつに山に行きたいとは思わなかった。

ただ一度だけ、明星ヶ岳へ登ったことがある。そして、とんでもない目に遭った。

あまり戦争中は登る人とていないので、頂上付近は人の背より高くカヤが茂っているのである。初めはそれでも道があるようだったが、下ろうとする辺りでそれもなくなった。

私は松本高校時代、アルプスにはかなり登り、山は少しは知っているつもりだった。それが完全に前後左右、カヤにおおわれ、どうすることもできなくなってしまった。坐って耳をすますと、下界からは車の通る音が聞える。

「こんなところで遭難したら、それこそ笑いものだな」

と私は思った。

結局ずっと遠くへ下りたが、まさしく「箱根の山は天下の険」なのであった。

みんなサッカーなど知らないのに、私の家もみんながサッカーを見だした。妻も見る。近所に住んでいるナナちゃんも一緒に見にくる。孫も見る。

二戦とも負けても、ジャマイカには勝つだろうと、それも見る。ジャマイカ戦は十一時からなので、孫にどうするかと尋ねると、

「フミ、八時から寝て十一時に起きる」

などと言う始末だ。

ナナちゃんが前の日曜日、孫を公園に連れて行った。孫はパパに買ってもらったフランス大会のボールを持っていた。

「すると、そこにいる子供たちがみんな、あれはワールドカップのボールだと言うんですよ。みんな知ってるんですね」

とナナちゃんは言った。

「フミ君のボールの蹴り方がちがってきましたよ。前はただ真直《まっすぐ》に蹴ってたんですが、今は左右にパスを出します。テレビを見て覚えたんでしょうね」

ジャマイカ戦の夜、初めは孫はわが家にいて一緒に食事をした。パパやママが戻ってくるのは遅いらしい。

それで妻は孫を早く寝かせようとした。ところが孫は何だかんだと言って寝ようとしない。

いつも孫はバアバと言い争っている。私はほとんど無言でいるから、つまらないらしい。ところがバアバは叱《しか》ったりするから面白いらしい。

「フミはバアバとケンカするのが好きらしい」

と言うと、ナナちゃんは、

「奥さまはリアクションがありますから」

と答えた。

さてその夜、そろそろ時間になったので私は寝室でテレビを見だした。隣りの四畳半の間では妻とナナちゃんがテレビを見ているらしい。孫の声はしない。初めむずかっていたが九時前には寝たようであった。やはり遅いのでバアバも起こさなかったらしい。

試合はまたしても負けた。

翌日、孫のことを聞くと、パパが帰ってきて家へ連れて行ったという。十一時には起こされて、最後まで試合を見たらしい。

そして、孫の目の下にはクマができていた。

（1998・8・7）

アメンボ

幼少期の夏休みを過した箱根強羅で、小さな頭に不思議な念を起こさせたのはアメンボである。

強羅公園の金魚や鯉《こい》のいる池には、アメンボが浮んでいた。私たちはこれを木の棒で叩いた。すると水と一緒にアメンボがとびだしてくる。これを近くにある猿の檻《おり》に投げこむ。猿たちは争ってそれを捕え、ムシャムシャと食べる。その様子が面白かった。

雨の降ったあと、道を歩いてゆくと、水たまりができている。その小さな水たまりにも、よくアメンボは浮んでいた。これはどうしたことかと考えた。こんな水たまりに、どこからかアメンボの卵が来たとして、それがもう一人前のアメンボになっているのが不思議だと思った。アメンボという名は、雨から来たのかとも考えた。

のちになって、アメンボはその臭《にお》いが似ていることから、「飴《あめ》ん棒」だと知った。またアメンボにもちゃんと羽があり、小さな水たまりにも飛んでくることを知った。

それでも、そういう知識を得るまでは、水たまりとアメンボの関係が、いかにも神秘であった。子供のみの感ずる神秘である。

その頃であったと思う。東京青山の自宅の庭で、蟬《せみ》の幼虫が地面から出てくるのを見つけた。これも神秘的であった。

私はその幼虫を、家に持ち帰って部屋の中に放しておいた。それはゴソゴソと柱を登ってゆき、じっと動かなくなった。どのくらい経《た》ったであろうか、ふと気づくと、その幼虫の殻から初々しい親蟬が生れようとしていた。

それはアブラゼミだったが、生れたばかりのそれはほの白かった。うしろ向きにそりかえり、殻から脱すると、起き直って殻にしがみついた。青白い羽もまだクシャクシャであった。長い時間をかけて、その羽が徐々に延びてゆくのを私はじっと見守っていた。

また箱根では、ヒグラシの幼虫が杉林の地面から這《は》い出てくるのを見た。このときはべつに捕えもしなかった。

そのわずかな記憶から、私はのちになって「狂詩」や『幽霊』の中で、蟬の終齢幼虫から初々しい親蟬が生れてくる光景を、ずっとくわしく描くようになったのである。あたかもしょっちゅうそのさまを観察していたかのように。

小学校五年の冬、腎《じん》炎で長いこと寝こんでいた折、私は加藤正世氏の本で、北米にいるという十七年蟬、十三年蟬の話を読んだ。この蟬の幼虫はそれぞれ十七年、十三年という長い年を地中で過すという。或《あ》る年、この十七年蟬と十三年蟬の発生期がまたま重なったとき、そのやかましさは想像を絶したという。

ずっと後年になって、私はその十七年蟬の発生の光景をテレビで見た。地方の小都市であったが、まこと無数に這い出てきた幼虫で道路も完全にふさがれてしまう。

欧米には虫の研究家は多いが、一般の人はさほど虫に興味を示さない。昔から詩歌に作り、秋鳴く虫を武士までがめでた日本人のほうが、よほど虫と親近性がある。

私もその日本人の一人として、まだ昆虫マニアになる前から、蟬の種類にも通じていた。東京ではほとんどニイニイゼミとアブラゼミ、そしてミンミンゼミだが、ヒグラシの多い箱根から帰京すると、秋を告げるツクツクホーシがせわしく鳴いている。それは黄金の日々であった夏休みもすでに終りだという通知でもあった。

従兄《いとこ》と、あれは「ツクツクホーシ」と鳴くのか、「オーシーツクツク」なのかと言い争ったことがある。

そんな記憶から、『楡家』の中で、恋愛を求める桃子の場面に、次のように書いた。

「『ねえ、あれはツクツクホーシって鳴くのか、それともオーシーツクツクなのか、

教えてあげようか?』

と、モチ竿を手にした米国《よねくに》が、金壺眼をくるくるとまわして、賢《さか》しらげに言った。

『うるさいわねえ。そんなこと、どっちだっていいじゃないの!』

いたく機嫌を損じながら、桃子は思った。——赤褌さんって、あんがい血のめぐりがわるいんじゃないかしら。それにしても、まさか、あたしの魅力に気づかないなんてこともあるまいに。」

私は孫に何も教えない。本来なら、虫のことなど話すのがふつうかもしれないが、それもしない。

以前は、妻が孫にむかって、

「ジイジは虫のことはくわしいのよ」

などと言っていたが、私があまりにも何もしないので、近頃はそれも言わなくなった。

父親がアゲハが食べる木を庭に置いておくので、毎年、アゲハが卵を産みにやってくる。孫はその幼虫を飼っているらしい。しかし、何も訊《き》いてこないから、こちらも何も教えない。

孫は友人から、オオクワガタを貰《もら》って、それも飼っている。こちらについては、ときにこう尋ねる。

「オオクワガタって、夜寝るの？」

「うん」

「夕方には、もう寝る？」

「そろそろね」

これでは何にもならない。しかし、幼いときの私より多くの知識を与えないほうがよいようだ。

この間まで、へんに涼しい日がつづいたのが、急に暑くなった。蝉の声を聞かなかったのが、今はアブラゼミの声がしきりである。

先日、その声を初めて聞いたとき、私は孫に尋ねた。

「蝉が鳴いてる？」

「うん」

私は数年前から耳鳴りがして、そのどちらだか判然としなかったのである。

そのとき、私はファーブルが蝉は音が聞えないという実験に、蝉の鳴いている木の下で大砲を射《う》ったという話をしてやろうかとふと考えた。蝉はそれでも平気で鳴きつづけたという。

しかし、蟬は音が聞えぬわけではない。波長のちがう音にはにぶいだけで、加藤正世氏は蟬の声を、やはり求愛の声だと推定している。

その辺のところは、私にもよくわからない。そして、やはり孫には何も言わぬことにした。

孫がいると、うるさい。しかし、今日からキャンプに行っている。アブラゼミの声だけしきりである。

家にいても、孫が向うの部屋でバタバタと走る音だけは可愛く聞える。そばにいると、うるさい。

（1998・9・18）

老衰（その一）

昔から私には、「もうダメだ」とか「もう長いことない」などと言う癖があったらしい。それは半ば私の性格から来ているのだが、正直に言って、「いよいよその時が近づいてきた」と思わざるを得ない。

何年か前、大腸にポリープが見つかり、胃カメラで検査して、切除して貰ったことが二回ある。病理検査の結果は悪性のものではなかった。しかし良性のポリープでもほっておくとガン化することも知られている。

その頃は私も元医者であったから、

「医学もずいぶん進歩した。検査だけはずっと続けよう。そしてポリープがまたできたら切除しよう。父より十年は長く生きよう」

などと思ったものだ。その当時は、まだ書き残したい長篇などがあったからである。

ところが、肺炎で入院して以来、めっきり体力がなくなった。小説を書くにはかなりのエネルギーが要る。そのエネルギーはもはやないように思われた。

それで、童話ならと思って、長篇童話を書きだした。本当はサン＝テグジュペリの『星の王子さま』のようなものを書きたかったのだが、あのように人生を凝縮した珠玉のような作品はとても書けない。それで、その逆に冗長に、その代り人間の心、魂とはいかなるものかを考える『赤いオバケと白いオバケ』を或る雑誌に連載しだした。すると、二回目で百何十枚を書いたところでそのエネルギーも尽き、腰痛が始まり、机に向かうことも辛くなった。次回は休載しようかと思っていると、その雑誌がつぶれてしまった。同じ社の他の雑誌にと言われたが、ついついそのまま書く気力を失なった。

たまたま茂吉四部作も書き終えた。あとはまともな仕事をする気力も体力もない。第一、椅子にかけ机の上の原稿用紙にかがみこむと、腰痛で十分と坐っていられないのである。口述筆記ではくだらぬ雑文すらも私にはできない。

かくて私は生涯の仕事を終え、あとは死ぬのを待つばかりとなったのである。少しボケてはきたが、本当のボケはまだ始まっていない。ボケないうちに、できるだけ人に迷惑をかけずに死にたい。死は少しもこわくはない。本当なら自殺したいのだが、娘や孫にとってはそれは気の毒だ。私は弱虫だから、苦しまずに死にたい。

しかし、現実にはじっとしていても腰が痛くてかなわぬ。歯もずっと悪く、柔かいものを食べるにも苦労をする。食事が苦痛だ。つい「痛い、痛い」と口走ったりする。以前は人と食事して酒を飲むのが愉しみだったが、正直言って苦しいのでほとんど人にも会わない。やむを得ず歯医者へ通うのも、ヘトヘトなのである。

腰痛もあちこちの病院へ行ったが良くならないので、ずっとほっておいた。胃カメラその他の検査、人間ドックなどもすべてやめてしまった。たとえガンを見つけ手術しても一、二年しか寿命は長びくまい。まして老人性のガンは進行がのろいことが多い。私は元医者であるから、医学の長所もその限界も少しは知っている。他人であったら別な指示を与えるかも知れないが、少なくともこの自分にはもう何もせず、ひたすら死の訪れるのを待っているのが実状であった。

ところが、そのように達観し、かつ仕事もあきらめると、かえってストレスがつのらぬためか、なかなか死なない。

それればかりか、親しい文学者が次々と亡くなる。そのたびにその追悼の会で何かしゃべらせられる。私の性格として、しめやかな話はしたくない。つい故人のユーモラスな話をする。するとそれがおもしろがられ、矢代静一さんのお嬢さん朝子ちゃんなどは、

「おじちゃまはもう商売がえをして、死んだ人の話ばかりするのがいいわ」

などと冗談を言う始末だ。

おまけに、そういう席でよろめいたりしては申訳ないから、杖を突きながらもせいいっぱいしゃんとマイクの前に進む。

すると、「あんがい元気そうじゃないか」とか、「前よりずっと歩くのもしっかりしてきた」とか言われる。あまりおもしろくない気持である。

辻邦生さんを偲ぶ会のときは、私はあまりにも近い存在だったし、他の方に話して貰ったほうがいいと夫人と相談していた。すると、当日になって献杯だけしてくれと言われた。ただ献杯だけだと思っていると、その日の風雨のためスピーチをする予定の方の到着がおくれ、やはりくだらぬことを話さざるを得なかった。私はもうわずかな雑文くらいしか仕事をできず、なんだか亡くなった方の会のときのスピーチ役になってしまったようで、その自分がなんでまだ死なないのだろうとウラめしくなってくる。

そんな私の苦しみを妻は分からぬから、相変らず私を叱ってばかりいる。

「あなたは弱虫なのよ」「タオルをちゃんとしぼって。水がポタポタたれてるじゃないの」「客が来てもあなたはビールも飲んじゃダメ。すぐおなかをこわすから」

実際、日に三つだった缶ビールも二缶にされてしまった。夕食のとき半分のみ、その半分ともう一缶を寝る前に飲む。そのときだけがなぐさめだ。

身体のことは一切かまわぬ方針も、妻に説得されて、最小限の修正のため、歯医者へ少し通った。またずっとほっておいた腰痛も、なかなか死が解決してくれないので、近くの整形外科に週三度ほど通うことになった。そこで注射と、一種のリハビリ体操をやっている。すっかり足の筋肉の力が落ちてしまっている由だ。体操によっていくらか良くなったが、痛みだけは一向に減らない。

娘は相変らず、

「パパは何にもしなくていいわねえ」

「ストレスがないからパパは長生きするわ」

「弱音を吐くと、輝子おばあちゃま（私の亡母）に叱られますよ」

「もっと、キゼンと生きるのよ」

などと注意したり、或いはからかったりする。

ところが何日か前、急にこう言った。

「パパは本当にお加減わるそうですねえ」

「顔色も青ざめて」

「本当にもう長いことなさそうですねえ」

ダメな娘だが、ユーモア感覚だけは受けついでくれたと私は思った。

すると翌日、私がアマノジャクなためか、何だか急に元気が出てきて、やむを得ずほっておいた電話などを何本もかけたりした。

それで、私は妻に、万一人が来た場合、これと同じ文句を言わせるように命じた。もし、「元気そうじゃありませんか」などと言う人には、ひとことも口をきかないと。


（1999・11・26）

老　衰（その二）

とにかく娘の「お加減がわるそうですねえ……」の一言《ひとこと》で少し元気になったあと、娘は孫のためだか、車椅子になっても私が入れるよう風呂場と食堂を改築した費用が足りないためだか、「もっと稼げ」と私に強要した。

私の定期収入といえば、この欄の七枚、それが月二回だけである。あとは一月に一回くらい三、四枚のエッセイを新聞に頼まれてこれは書く。あとはぜんぜん注文もないし、たとえあってもかがんで原稿を書くと、そのあと背骨が痛くてたまらぬから断わってしまう。

ところがその月にかぎり、その臨時注文が三つ四つ重なり断われぬ事情があって引受けていた。それればかりか、四月頃引受けたらしい山形の教育雑誌からもシメキリがきたのにちっとも着かないと言ってきた。

それらを書かなければならぬと思っただけで、その心理的ストレスで腰痛はたちまちひどくなった。

私の腰痛が人並みでないのは、ずっと考えてきてやっと原因がわかった。私は或る部分がひどく敏感であった。一般人よりずっと鈍感の部分が多いため、それだけ或る部分だけひどく敏感である。医学的な神経でなく、世間で言う神経が敏感なのだ。これは父の遺伝らしい。父は老いてボケが始まった頃から、しょっちゅう「イタイ、イタイ」と口走っていた。いくら尋ねても半分ボケているからどこからくる痛みなのかもわからない。目薬をさすだけでも、兄の書いたものによると「イテエ、イテエ」と苦しがるのでなかなか液が目に入らない。注射一本するにしても異様に痛がる。これは世間人よりずっと鋭敏な神経、または心理的な痛みである。

私のは父以上に敏感であるらしい。とにかく「痛い、痛い、痛くって堪《たま》らん！」とか叫ぶと、前から女房から、「あなたは弱虫だ」とか、「うるさい、うるさい」と叱られた。けれども痛みをこらえるともっと苦痛である。恥も外聞もなく、「痛いぞう！凄まじく痛いぞう！」と、近所までとどろくほど絶叫すると少し痛みがやわらぐ。

とにかく、三日ほど経って床屋さんに行き、床屋のおばさんに「お元気そうですねえ」とありきたりの挨拶をされたら、それだけでガーンとショックを受け、帰りはほとんど歩けなくなってしまった。二、三歩、杖にすがってヨロヨロと歩き、立止ってフウフウゼエゼエと荒い息をしなければならなかった。あのときは我ながら、なんてヘンテコな性格なんだろうと自分でもあきれかえった。

ともあれ、娘の強要で次の土曜日には四時間くらいしゃべらねばならぬ。インタヴューではなく、質問を聞いてそれに答えるだけでもちょっとは考えねばならず、疲れるにちがいないから私だけ一方的にしゃべりまくる。本当は考えてもしゃべってもそれだけエネルギーが尽き、早く死ねるだろうと思ったからだ。

娘は前は「パパはガンでも何でもないし、ただ椅子に坐ってるだけだからストレスもつもらず長生きするよ」なんて言っていたが、私はガンでも何でも病気にかかって早く死にたい。ポリープのできやすい性《たち》らしくかなり前、内視鏡で腸の三つほどのポリープを切除して貰った。それから二年ほど経ってまた内視鏡で見て貰ったら、小さいけれどもう六つほどのポリープが見つかった。ポリープは良性であったが、あまり長くほうっておくと悪性、つまりガン化することが多い。あの頃はこうして二年おきくらいに調べて長生きしようと思っていたが、ずっと前から早く死にたくなったから、もうそういう医者へは行かなくなった。女房がいくらすすめても、人間ドックにも絶対に行かない。多分私の腸にはもうポリープが一杯でき、それがガンになっているにちがいない。しかし、老人のガンの大半は進行がのろいから、手術したってしなくたってそれほど生命が長びくものではない。手術なんかされたらただ痛いだけ、或いは恐怖におののくだけだ。

早く死にたい一心だが、私は弱虫だから痛いのだけは真平《まっぴら》ゴメンである。しかし、女房に強制されて近くの整形クリニックに通いだし、痛みどめの注射を背中に刺しても少しもやわらがぬ。そのあと二階へ行って、今度はリハビリの先生の指導で、ベッドに仰向けになって腹筋をきたえる体操、足に重りをつけて上下する運動、それから腰を上げたり或いは先生が押さえるのを足で蹴《け》とばしたり横にしたりする方式をやる。これが理論的には弱った足を少しずつ強めるいちばんいい方法だと自分でも思うが、なにしろ特殊神経の持主だから痛みだけは少しもよくならぬ。

二階を訪れると、八十代、それも後半と思われる御老人もそうやっている。ベッドから起上る様子をそっとうかがっていると、私よりも遥かに苦労されている。痛みだってひどいにちがいあるまい。しかし、私の特殊で敏感な神経では、痛みだけは私のほうがだんぜんひどいのだとどうしても思う。

先生に、「私の筋力の衰えはあの御老人くらいでしょうか」と訊いてみた。先生は、「そうですね。五、六ヶ月寝たきりだった病人が、初めて歩いたくらいでしょう」と答えた。八十後半の御老人よりもっと弱いらしい。そのときも、なぜかホッとした。

しかし、原稿を二枚も書くと、うつむくのが悪いらしく、もう寝室へ行ってしばらく休む。それどころか、ハガキ一枚すら、書くときはまだ痛まないが、あとで必ず痛みだす。女房に、ハガキの表書きくらいしてくれと頼むと、それは失礼だからと言ってやってくれない。

いよいよ土曜日があと三日くらいになったとき、忘れていた速達便、それも大きな封筒を出そうとして、切手を捜すだけでころばぬよう必死に壁やら箪笥《たんす》やらにつかまり、それから速達料がわからぬので多目に出鱈目に貼ったら、娘がやってきて「もし足らなかったら」なんて言って目方をはかるなんて言いだす。大声で口論していたら、それだけで疲れてしまった。おまけに次の日、S社の女性編集者に会ったら、彼女は入社してすぐ、これはずっと前から担当してくれた出版部のKさんに連れられて、私の家にやってきたそうだ。そしたら私は捕虫網をふりまわし蛾《が》を捕えていて、おまけにそれを足で踏みつぶしていたそうだ。そして蛾を踏みつぶすのに忙しかったらしく、その女性に「あなたは五分だけ」と言ったという。五分経ったらさすがに悪いと思ったらしく、「じゃああと二分」と言ったという。彼女が会った最初の作家が私であった。それでショックを受けて、今では超有名作家ばかりを担当しているが、そういう作家はたいてい変人だったりワガママだったりするのをうまくなだめて、「猛獣使い」と渾名《あだな》されている。

娘が彼女に詫状《わびじょう》を書けと言ったから、「あなたさまがいらしたとき大変失礼したらしくまことに申訳ございませんでした云々」と書いた。すると娘は「あんまり丁寧すぎると向こうはかえって困っちゃうから」と言って、書き直せと言う。棒線で消そうとしたら新しく別のハガキに書けと言う。さんざ怒鳴りあった末、とうとう書き直させられた。それだけで、あとの痛さのひどさったら！　たまにくる読者の手紙にも、先輩のような人から本を送られたお礼のハガキも、従ってもう絶対に書けない。

（1999・12・10／24）

早い一年

誰もが齢をとると時間の流れが早くなると言うが、この一年ほどさように感じたことはない。

もっとも昨年の末から私は十年ぶりのソウ病となり、かなり異常な時の流れの中にはいった。

娘の発案で、「マンボウ最後のむざんな博打行者《ばくちぎょうじゃ》」というものをやりだし、結局上山《かみのやま》競馬場、韓国のカジノ、大井競馬場、平和島競艇、ついにはラスベガスにまで行った。

その間、もう諦めていた純文学短篇も三つ書けた。ギャンブルをよいことだとは私は思わぬが、ソウになるとエネルギーが出てきてギャンブルをやりたくなる。ギャンブルはかなりのエネルギーを費やすものだから、ふつうは疲れはてて噴火も収まってしまうものだが、なおかきたてられたマグマの残りのようなものがあって、それが思いがけぬ創作にも結びついたのである。

ソウ病になりたての頃は、自分でももう齢だから長つづきはしまいと家人にも言っていた。事実、若い頃でも私のソウ病は半年しか続かなかったからである。しかし、ずっとウツ病でのびていたので、いわば蓄積があって、半年もつづいてしまったのである。だが、やはり限界がきた。五月の初め、一家でラスベガスへ行くと娘が決め、その日が近づくと、私は急にウツ気味になってきた。

これまで初めの活気が失われて苦労したことはたびたびある。ずいぶん昔、テレビでドナウ源流をさぐりヴェニスに至る番組を頼まれたとき、私は元気であったから承知をした。ところが出発がのび、いざ番組のときにはウツ病になってしまっていた。モスクワ空港でスタッフと落ちあったときはすでに疲れきり、それからのかなりの旅行中、午前中は起きられぬので女性キャスターが代役に立ち、ほとんど役に立たなかった。テロップに「北杜夫氏、疲れた、もっと酒をくれ、もう帰りたい」と流されたほどである。

このたびのギャンブルでもずっとかなりすってきていた。ところが本番のラスベガスへ行く前から、よし最後に稼いでやるぞという意欲がまるきり失われてしまった。結果は——持っていたヘソクリを全部使いはたす気力もなく、気の抜けた風船のごとくにして終ってしまった。

それよりもホテルもカジノも広いので、足のわるい私は車椅子を使っていた。あちらでは身体障害者にはどこへでも行けるよう専用の道があるし、エレベーターを乗り降りするにもみんな親切にしてくれる。

そんなふうに保護される立場でつい甘え心が出たうえ、しばらく歩かなかったので、帰国後は足のおとろえと腰痛が更にひどくなった。

帰国してしばらく寝ていて、そのままずっと寝ていられればいいのだが、まさかそう急激にウツ病になるとも思わなかったので、こまかい原稿を幾つか書かねばならない。それが実に書きづらい。腰痛で机に向かうのもしんどく、頭はどんよりしている。

そうしているうち猛暑がき、例年のごとく中軽井沢の山小屋へ行く日が近づいた。

昔は軽井沢へ行くのが愉しみであった。自然もいいし、友人もかなりいたし、仕事もはかどった。ところがここ数年、外出するのもつらくなった。なにより親しかった先輩である遠藤周作、中村真一郎、奥野健男、矢代静一、辻邦生さんらが矢継早に亡くなったからである。

本音を言うと、もう軽井沢へも行きたくないのである。しかし、妻が行き、その母、たまに娘夫妻、そして孫もむしろ愉しみにしているらしいし、私一人東京に残っても食べることすらできぬ。

例年、腰痛がつらいので私一人が列車で行った。今年は準備がおくれ、家の近くではタクシーも拾えぬので私一人で東京駅まで行くのはあぶない。思いきって、妻の車で行くことにした。七月二十八日のことで、翌日は辻邦生さんの一周忌である。

途中、はたして腰が痛みだした。私はそれをこらえるため、かつ悲鳴などあげて妻を心配させぬため（ソウのときは意気盛んだから、かえって、「痛いぞう、凄まじく痛いぞう！」などと叫ぶ。妻も心得て、「凄まじくうるさいぞう」とか「甘えるんじゃない！」とか応じる。ウツになると逆に声も出せなくなるのである）、私は翌日の辻さんの命日のことを考え、

「みんながもう一年ですかと言うが、本当に予想もしなかった辻の訃報《ふほう》を聞いてから、もう一年が経ってしまったのか」

と思っていた。

ようやくにして山小屋に着き、妻とナナちゃんが荷の整理をしているあいだ、長椅子にぶっ倒れていた。

思えば昔から、まだ腰痛も始まらぬずっと前から、私一人だけは列車で来ていた。それは車で来ると、まだ冷蔵庫にも氷はなく、ビールも冷やしてないからである。それで、他の者が荷の整理をし、冷蔵庫にも氷ができビールも冷えた頃に私が着き、す

ぐ冷えたビールを飲むという特権階級に安住していたのだ。そんな貴族のように安楽なことをしていたからこそ、ラスベガスの車椅子で身体がなまってしまったように、かえってみじめな境遇になってしまったのだ。

辻さんの一周忌は、その山荘で読経があり、終って辻夫妻のなじみの散歩道を歩き、そのあとホテルで会食ということになっていた。

私は車で来たため腰痛も悪化したので、読経と散歩は辞退して、あとから行くことにした。

辻さんの山荘に着くと、来会者は散歩へ行っている様子であった。意外に長くかかり東京で辻さんがよく行っていたお寿司屋さんの主人Kさんだけが先に帰ってきた。以前、夫人が大学の講義で名古屋へ行ってしまうと、辻さんは高級寿司、Kへ行って食べた。その通う回数もかなりであった。

私の娘が結婚した折、辻夫妻は可愛い贈物と共に、キャッシュをかなりくださった。その額が多過ぎたので、私は電話をかけ、

「あんなに沢山娘にくれると、辻さんもうKへ食べに行かれないんじゃない？」

と言うと、こういう言葉が返ってきた。

「大丈夫、ぼくは株をやらないから」

それより以前に私が株で破産してしまったのは周知のことである。

辻夫妻のみならず、軽井沢でのいろんな方との交際をふり返れば、それこそ多種多様である。たとえば私がまだ同人雑誌にいた頃、中学の一年上の奥野健男さんとばったり会ったこと、彼は新進評論家だったが、中学の頃は天文学者になると言っており、お互いに文学などに手をそめているとは知らなかった——それこそ限りなく、そしてなつかしくはかない。

（2000・9・22）

あらずもがなの……

四月という月は、私にとって昔からわずらわしかった。

つまり、私と妻の結婚記念日、妻の誕生日、娘の誕生日が三つあることである。女性というものはこれらの日をちゃんと覚えられるものらしい。一方、男性は結婚してしばらく経《た》つと、そんなものはどうでもいい、という心境になる。或《ある》いはそうは思わずとも、記念日など覚えられぬ生物である。

昔は、妻は、

「今日は何の日か知ってる?」

と尋ねたものだ。

私としてもそう言われれば、三つの記念日のいずれかであることは分かる。しかし、特定はできない。

すると、

「あなたは家庭のことをちっともかまわない人ね」

となじられる。

かなり以前から、妻はもう質問するのはやめた。夫がいかなる男かをようやく理解したようだ。

私は正直に言って、どこか男尊女卑の気持を持っていた。はっきりそう言えずとも、仕事の上からも家庭よりもそれを大切にした。

齢《とし》をとってからは、もう仕事はできなくなったから、自分という存在をそれほど優先はしない。

しかし、もはや旅行はおろか近所までも出かけぬ日常で、エッセイにしても書く材料がないから、ついつい妻の悪口を書いた。

昔は、妻はむしろおとなしい性格だったと言ってよかった。しかし、私が中年近くになってソウ病の状態になってから、かなり強い女になった。そうでないと、羽目をはずすソウ病の夫に対抗できぬからである。これはすべて私のほうに責任がある。

しかし、口論をすると正常である妻に言い負かされてしまうので、古き男性である私は口惜しくなる。夜中、妻が寝てしまったあと、あれこれの言動を思いだして余計腹が立ち、そこらの紙片に妻の悪口をいっぱい書きつけたりした。

昔、お手伝いさんだったナナちゃんがそれを面白がり、一部を取っておいたそうである。また妻自身もけっこうそれを保存していたことがのちに分かった。

妻の友人はよく妻に向って、

「あなたの旦那さまはいいわねえ。奥さまの悪口書いて御飯が食べられるなんて」

と言ったそうだ。

妻のほうもさすがに面白くなく、

「あなたが亡くなったら、わたくし『ソウウツ病の人とのつき合い方』って本を書くわ」

などと言っていた。

しかし、これらの争いもすべて昔のこととなった。昨年、十年ぶりにちょっとソウになったのを最後に、私は完全にエネルギーが尽き、もはや妻の小言を一方的に受けるだけで、まったく口答えをする気力もなくなったからである。

私は腰痛《ようつう》とウツ病のうえに、歯の調子も悪い。夕食を食べるのもかなりの苦痛である。うつむいて嚙《か》むと、腰にひびくのだ。

しかし、今は妻が権力者だから、無理をして食べる。いい加減でやめようとすると、

「あなた、しっかり嚙まなきゃダメよ」

とか、

「あなたもフミ君（孫）も食べないから、何のために食事を作るのか分からないわ」

などと非難されるからだ。

辛うじて食事を済ますと、食卓の椅子《いす》が腰に合わないので、坐っているのもつらい。つい立って歯をみがき、寝室の車椅子に近い椅子に横になりに行ってしまう。

以前は完全な夜型だったのに、ひどいときには九時前にベッドにもぐってしまう。寝つかれなくても、起きているよりまだ楽だからだ。

私の友人などを見ていても、若いときは「男尊女卑」だと威張っていた男が、齢をとると何時《いつ》の間にか「女房上位」になっている場合が多い。何と言っても、女性は生存本能が男よりずっと上だからだ。

かつて妻の悪口ばかり書いていた私が、昨年は珍しく妻のことを讃《ほ》めた文章を書いた。そればかりでなく、そもそもの妻との出会いからを一冊の本にまとめた。『マンボウ愛妻記』である。

題名は講談社の人がつけた。私はゲラも見ずに放っておいたが、ふと見ると題が〝愛妻記〟となっている。いくら何でもひどいと思い、電話をすると、

「大丈夫です。愛妻をそのままの意味にとる者は、北さんの読者にはいないでしょう」

と言われ、ついそのままになった。

私だけでなく、妻にしてもこんな本を出すのは本意ではない。まったく「あらずもがな」の本である。

だが、結局二人ともあきらめたのは、この夫婦がビールの泡のごとき存在になったからかもしれぬ。

半死半生の私がこんな本を出したばかりか、もう一冊本を出すことになった。『マンボウ遺言状』である。

これも昨年、少し元気なとき、口述で始めた。途中でダウンしたのを、とにかく編集者がまとめてしまった。

私は医者であったし、患者にとって「治ろうとする意志」がもっとも大切なことはよく知っている。

しかし、私にはこの意志がとぼしい。それどころか「早く死にたい」などと思い、公言もしてきた。

そのような言葉はこの世の害になるかもしれぬと思い、あまり大声では言わないできた。

しかし、いよいよとなると気持が変わってきた。

この世には体が悪くともけなげに生きようとしている方がいっぱいいる。また何かしらの病気で苦しんでいる人が、たとえガンになっても頑張っている他人に励まされていることも多い。このような人々が多いことを私も希望する。

だが、この世には、そのように強くない私のように、意気地のない人間もやはりいるのである。そういう人たちは、なまじ励まされるのはつらい。また力強く頑張っている人を見て励まされるどころか、逆に、「ああ、自分はダメだ」と落ちこんでしまうことも往々にしてあるのである。

人はみんな長生きをしたがると同時に、「もうこのくらいで死にたい」と願う場合もあるのだ。

後者のような人たちには、この『遺言状』はちょっとしたナグサメになるのではないか。

ともあれ、二冊とも「あらずもがな」な本であることも確かである。

（2001・5・11）

将棋

私は小学校へ入ってすぐ将棋を覚えた。まもなく父の高弟である佐藤佐太郎さんが将棋を教えてくれた。まず金やぐらに王を囲うことから教えてくれた。

父は私が将棋をやりだした頃は面白がっていた。しかし、私が小学校上級になって、新聞の将棋欄を切り抜いたり、父を負かすようになると将棋を禁じた。勉強だけをしろと言うのである。

父は将棋好きだが、むしろ弱いほうであった。性格そのままに、飛車を中央におき、両銀を繰り出して敵陣に襲いかかる。もし中央突破に成功すれば、大層な勢いで父の勝利になる。しかし、いったん受けられるともう駄目なのであった。

その頃、坂田三吉と木村義雄との大一番があった。持ち時間三十時間、一週間かけての対局であった。大阪で坂田が名人を名乗っていたので、東京方と和解させようとした対局である。

ふつう、将棋の対局は新聞に一日、数手から十数手が載せられるのだが、このときはわずか一手ずつのことが多かった。

そして坂田は、第一手にまず端歩をついた。それまでの定跡《じょうせき》にはない意外な一手であった。

解説者が、

「そのとき、さすがの木村の羽織の紐《ひも》がぴりりと震えた」

と記したのを未だに覚えている。

結局、この対戦で坂田は敗れ、次の花田八段との対局も敗れ、将棋は東京方に統一された。

父は幸田露伴を尊敬していた。医者の世界ではやたらと「先生」と呼ぶが、父が心から崇拝してそう呼んだのは鷗外に露伴だけとされている。

父は露伴の家に遊びに行き、将棋をやったが六枚落ちで負かされた。負けず嫌いな父は、夜店で将棋の大駒落ちの定跡本を買ってきて、私相手にそれを研究した。

そして、「今度は大丈夫」と露伴のところへ行った。私が結果を訊《き》くと、

「また負けた」

「どうしてですか?」

「相手が定跡どおりやってこないからだ」

これには、私は内心笑ってしまった。

作家になってから、私は当時の二つの高峰である大山康晴と升田幸三との対戦を見に行ったことがある。

実際はずっと対局が見られるわけではない。対局は別室で行われており、他の部屋で大盤解説を見たり、他の棋士が駒を並べて研究しているところを見せられた。そのとき、大山が優勢であった。「こうやれば?」「それならこう、こう、こう」見る間に十手ほどが運ばれ、「これでも、やはり升田が悪いですね」そうして考えているうち、「これなら?」と成角を自陣に引く手を考えだした。「こう、こう、こう」「なるほど、これはまぎれますな」そのうち対局の手が紙に書いて届けられる。升田の手は、それと同じであった。

やがて、実際に対局を、部屋の隅から、十数人が十分ほど見学するのを許される。私の見ている間に、手は二つ動いた。見学者のいるなかで、実際に手を動かすのはごく稀《まれ》だと聞いた。

結局、升田は敗れた。

何年か前、孫が将棋をやりだした。ふつうなら私が教えてやるところだが、なにせ腰痛《ようつう》でかがんで盤を見るのもつらいので、もっぱらたまに遊びに来る妻の弟が教えていた。

あるとき、私が覗《のぞ》いて、孫に教えてやったら孫が勝った。それで孫は、私の才能のなかでももっとも将棋が強いということが印象づけられたらしい。

孫も負けず嫌いなので、私とはやりたがらぬ。ごくたまに妻とやって、ずっと妻には勝つようになっていた。

私が覗こうとすると、

「ジイジ、見ないで」

と言う。私が妻に助言すると負けると思っているからであろう。

その孫も近頃は野球に熱中していて将棋をやらなくなった。私にしても、何十年も新聞の将棋欄を見ない。たまにテレビの三チャンネルで将棋を見るが、もうはるかなかすんだ世界になってしまった。

孫とわずかに趣味が通ずるのはプロ野球くらいのものである。

孫は父親が名古屋の出身だったから中日ファンだったが、阪神が次である。今は阪神が強いのでどちらかと言うとタイガースの試合に興味を持っている。

私が阪神ファンになったのは大学時代で、その頃のタイガースはダイナマイト打線と言われるように、藤村兄、土井垣、金田など強力打線で豪快な試合をした。四、五点はすぐ取った。しかし投手力が弱く、五、六点を取られ負けてしまうのであった。

藤村兄はタイガースのシンボルと言ってよい存在であったが、監督としては一流でなかった。自分は年なので先発しないようになっても、自分がピンチヒッターとして出るため、新人のサードを四番にしたりしていた。二リーグに分裂したとき、タイガースの選手が多く毎日に移ったが、藤村に対する反逆だったようだ。あのときは本当にタイガースが消失してしまうかと思った。

阪神がむしろ投手力のチームになったのは、小山、村山時代からであったろう。一時はバッキーも加わり、まさしく三本柱であった。

昔は現在と違って、投手は九回完投というのが多かった。先発が代わったときは敗戦を意味するくらいだった。

私は結婚したとき、まだ住む家が見つからず、およそ半年間も兄の家に妻とともに居候《いそうろう》していた。

妻にしてみれば、見知らぬ他人の家での生活である。おまけに私は医者と作家の双方をやっていたので忙しく、ろくに話すこともできない。

せめて夕食のときくらい談笑できるかと思っていると、私は食堂にトランジスタ・

ラジオを持ちこんで、皆にかまわずプロ野球を聞いている。まことに情けなかったそうだ。

その妻も関西出身なので阪神ファンである。

一昨年も昨年も、タイガースは初めは首位だったが、やがてもろく負けだした。

孫のほうが冷静で、

「タイガースは初めだけだよ」

などと言っていた。

私にしても同様であった。だが、今年は昨年までと様子が違う。少なくとも攻守のバランスが取れている。

妻も要心深くなっていて、

「八月までよかったら……」

と言うと、孫が、

「それより七月だよ」

と訂正した。

（2003・8）

庭の花々

新年早々、私は風邪をこじらせあやうく肺炎になりかけた。先年の肺炎の体験から、私はわざわざ二つの病院から二種の抗生薬を貰い、それらを併用することによって見事に平熱に戻った。なんでも混ぜ合わせることは私の好みであり、また昔神経科では睡眠薬を出すにしても、当時の内科医が一種の薬を出すのに比べ、二、三種の薬を混ぜて患者さんに与えたものである。そうすると相乗効果によって少量でよく効くし、また薬物依存も起こらないからである。

私には内科の知識などあるはずがない。しかし自分自身が病《や》んで入院したり投薬を受けたりした病気については、さすがに認識がある。私は医者の指示よりも自分自身の勝手な薬の使用により、肺炎になるのを免れたと信じていた。

ところが、なんぞ図らん天下の奇病となり、救急車が来て病院に運ばれるという運命になった。深夜のために当直に残っていたヒヨッコ医者のまどろっこくも下手糞な診療にイライラしたが、とにかく四時間余を一室に幽閉されたあと、無事に帰宅できた。この奇病は博学のなだいなだ君にも分からず、おそらく私という奇妙な生命体にしか起こらぬような症状であった。

そんなことで整形外科医にも鍼にもまる一ヶ月間通うことができなかった。そのため以前は杖をついてではあるが老人なみの速度で歩けたものだが、本当にヨチヨチ歩きしかできなくなってしまった。

妻は私が歩行運動を再開したとき、戸外は車が来て危ないからと言って庭の中のみ歩くように勧めた。しかし私はそれに逆らい近くまで行こうとして門を出た。妻は不安そうに側《そば》についてきた。「もう少し左に寄って」という妻の言葉が終らないうちに後方から車が来た。妻に支えられるようにして隣家の塀に寄りかかり、ようやく車をやり過ごした。せめて近くのガソリンスタンドまで行くつもりであったが、もうそこで息が切れ、足がもつれて、そのままヨチヨチと戻る始末になったのである。そのときの歩行距離はなんと門から十メートルほどに過ぎなかったのである。それに凝りて私は庭の中だけを歩くことにした。妻はつねづね私に小言を言う反面、やさしい気持もあり、庭にはさまざまな草花を植えている。妻が花を好きなことを知っている二人ほどの編集者は、いつも季節ごとに見事な花を贈ってくれる。妻は喜ぶのだが、私はどういうものか栽培された観賞用植物というものがあまり好きでない。なんで缶ビールの一ダースなりともくれないのかと、実際に当人に言ったこともある。しかし、編集者はその習慣を変えようとはしない。

さて、私がヨチヨチと庭をまわってみるとベランダの片隅にかなりの植木鉢やプランターがあり、さまざまな花が咲いていた。人は、いわゆる自然愛好家である私が、ふだんから庭の草花くらい観賞すると思うだろうが、じつはここ十数年来庭の草木を眺めたことはほとんどないのである。

たとえば私の寝室の前に梅の木が一本ある。その白梅が開くと、孫は「梅の花が三つ咲いた、五つ咲いた」とか言って喜ぶ。妻は「ほら、フミ君だって梅の木をちゃんと見ているのよ。あなたもご覧になったら」とうながすが私は生返事をし、見るふりをして実は梅の木など見ていないのである。

しかし、このたび病みあがりの身で、庭の草木を眺めると、或る花々は意外に鮮やかに美しく私の眼に映じた。たとえばつつましく白い桜草。それから黄色や薄紫色の小さなすみれ、私はふだんは眼もくれなかったこれらの小さな草花が、どうしてこんなに鮮やかに眼に映るのかとしばし呆然となったほどだ。

あとで思うに、これはやはり病後のせいであろう。たとえば小学校五年の終りに急性腎炎を病んで、味のない食事と安静ののちようやく床の上に起き上ることを許された日々。あのとき私は日がな昆虫図譜を眺め暮らして、あらかたの虫の名を覚えてしまったほどだ。そして一ヶ月余が経ち、家の中を歩いてもよいという許可が出、私は久方ぶりに廊下から庭先を眺めた。早春であった。何という懐かしい湿った黒土の匂《にお》い、羊歯《しだ》の葉の鮮やかさ、そして空中に吊り下げられたように浮かんでいる一匹の虻《あぶ》。それは初めて見る種類であったが、私はその名が即座に分かった。暗記するまで眺めた昆虫図譜に載っていたからである。ビロウドツリアブ。

このような長い病臥《びょうが》ののち久しぶりに戸外の空気と風景に接すると、世界は一変するものなのである。

同じく太平洋戦争末期、空襲で家が焼けたのち何日かして兄嫁の実家に世話になった。場所は東京近郊の小金井であった。青山、渋谷、新宿一帯がすべて焼失したあの東京最後の大空襲のあとの光景は私の眼に焼きつけられていた。焼けぼっくいのように電柱が倒れ、電線はクモの巣のように路上に乱れ、ところどころの蔵の白壁を残しただけで、あとは砂漠のように遠方まで見渡せた。ところどころの水道栓からまだポタポタと水がしたたっているところもあった。

そうした地獄のような光景に似た焼け跡から来てみると、小金井の自然はまだ武蔵野の面影を残していた。樹木の緑が心に浸みるように鮮やかで、ときどきオトシブミ

が葉で揺籃《ようらん》を作っていた。生れて初めて聞くハルゼミが鳴いていた。当時、兄嫁の父上から貰った大学ノートに記入した私の日記には、そんな昆虫のことばかりがしきりに出てくる。明日をも知れぬ戦局のただ中では異様な記述と思われようが、これも戦争の悲惨さと自然のもつ健康さとの対比が著しかったからであろう。

さて、わが家の庭先の話に戻ると、私には気にいらぬケバケバしい赤い花が眼についた。「あれは何だ?」と妻に尋ねると、「ゼラニュームよ」との返事である。私が「おれはどうしてもああいう花は嫌いだ」と言うと、妻は「ヨーロッパの窓辺によくあるでしょう」と言った。そう言われて私も思い出した。ハンブルクやローテンブルクの家々の窓辺に置かれていた赤い花を。なかんずくローテンブルクの街並みを見ていると、あたかも中世で向こうから今にも王侯貴族や道化師の群れが現われそうに思われた。それで、ひとまずゼラニュームの花も許してやることにした。

さらに妻は小さな黄色の群れを指さし「これは福寿草よ。今は陽が当らないから閉じているの」。更に大きな木の根元にひっそりとうなだれている白い小さな花を指さし「これはスノー・ドロップ、雪の雫《しずく》よ。クロッカスよりも早く咲くのよ。私、一番好き」とひとりごちたのである。

（2000・3・24）

あとがき

北　杜夫

本書は昭和六十一年から文芸雑誌「週刊小説」でスタートし、現在も「月刊ジェイ・ノベル」で、継続中のエッセイ連載の中から家族内の出来事を中心に編まれたものである。

なんと私が五十九歳からお世話になっており、現在の八十四歳まで、実に二十五年間の連載である。

その間、初代担当編集者の石川さんを初め、現在再度担当して下さっている佐々木さんに至るまで皆さまに大変お世話になった。

私が五十歳代の頃は四年に一度の大ソウ病が起こり文章もでたらめになったり、意味不明の文章になったりで編集者の皆さまにたいへん御迷惑をかけたりした時代である。大変申し訳ないことをしたと反省している。

まとめる編集者の方も、さぞ大変であったと思う。

或る時は私があまりの大ソウ病のため、それをなだめるため、母・輝子が我が家に説得にやってきたり、妻が怒って、私をタオルでなぐったりしたものである。私にとっても悪夢のようなもので、今考えると、自分でもどうしてあのようなことをやったのか、まったく分からない。

妻は私達が軽井沢の避暑から帰ると、毎年のようにソウ病になるので、「魔の九月」と称したものである。

現在、私は軽井沢に滞在しているが、九月に東京に帰ってもそんな元気がやってくるとはとても思えない。

本書をあらためて読み返すと、不評のものが多かったろうが、そのため逆に読者を喜ばせたものもあるかも知れない。

皆さまの御健康を心から祈らせて頂きます。

平成二十三年八月十九日

軽井沢にて

解説――ヘンテコリンな父

斎藤由香
（エッセイスト）

私は父の本をほとんど読んだことがない。というのも、私が小学一年の時、突如として、父が躁《そう》病になった。それまでとても物静かで、家族に対し、「ごきげんよう」と丁寧な言葉遣いだったのが、「バカ！　テメエ！　野郎！」と人格が変わった。一睡もしないで音楽を聞いたり、映画を見たり、マンガを読んだり、手当たり次第に何でも手を出す。虎蔵の清水次郎長の浪花節を唸ったり、「オレサマは勉強意欲が湧いた！」とＮＨＫ「中国語講座」を大音響で聴いたり、生活が一変した。

さらに「チャップリンのようなユーモアあふれる映画を作りたい。そのためには資金が必要だから」と株をやるようになり、朝から晩まで半狂乱で株の売買を繰り返す。

さらに、「文士は家庭をかえりみるものではない。原稿に専念したい。好き勝手に生きたいから、喜美子も由香も家を出ていってくれ」と宣言。夫婦別居になったために、小学一年生の私は近所の公立小学校だったにもかかわらず、電車通学をさせられる羽目になった。そしてついに破産し、てんやわんやの日々になったのである。

——そんなわけで、とても父の本を読む気にならなかったのである。

今回、実業之日本社の編集者から、「解説」のお話を頂き、何十年ぶりかで父のエッセイを読んだ。祖母・輝子がまだ元気で、夕食の時の会話が描かれているのが懐かしい。

斎藤茂吉の妻である輝子は、七十九歳で南極、八十歳でエベレスト、八十三歳でアラビア半島一周、八十五歳でガラパゴスと、世界一〇八ヶ国を旅行したスーパーレディであるが、海外旅行から帰国すると、必ず翌日、お土産をもって夕食にきてくれた。

当時、父は「四年に一度」の周期で躁病を繰り返している頃である。

夕食の席につくなり、輝子は母が何も言わないのにすぐに、父が躁病だと気づいた。

「宗吉は困っちゃうわね」

父は「躁病で熱い」と濡れ手拭いを頭に巻き、食事中にゲタゲタ笑い出し、すさまじいハイテンションだったのだ。

輝子は呆れ顔で母を慰めた。

「私も茂吉おじいさまがあまり大変なので、お父様にそのことを言うと、『茂吉は将来必らず名を残す男だ。だから茂吉を夫と思ってはいけない。病人と思いなさい。おまえは看護婦のつもりでやりなさい。そうすればうまくいく』と言われました。ですから、喜美子も看護婦さんのつもりで宗吉に接しなさい」

それを聞いた母は、父の躁病で疲れきっていたが、「今日から私は看護婦さんになります。しかも婦長さんだから、あなたより偉いのよ。婦長さんの言うことを聞いて下さい」と、父に宣言。俄然《がぜん》元気になった。

よくぞ母はあの躁病の狂乱時代を乗り切ったと思う。

他にもエッセイを読んでいくと、私が新入社員の頃、四月の金曜日から二泊三日で横浜・横須賀に旅行に行った話が出てくる。戦艦「三笠」を見にいったのだ。

私は幼い頃から、父のドタバタのせいで、一人娘にもかかわらず、家族で海水浴や遊園地に行ったことがない。会社に入社すると、同僚たちが家族と旅行しているのが羨《うらや》ましくて、家族旅行を計画したのであった。同僚からは、「せっかくの家族旅行で横浜？」と、笑われたが。

また、私の結婚話や、フミヒロが生まれた話、幼い孫と散歩に行ったり、ポケモンで遊んだ様子が出てくるが、フミヒロも大学生になった。「ウルトラマンごっこをして」と甘えていた孫は、今は父の背より高くなった。

一方、父は八十四歳になり、足元がおぼつかない。一体、いつの間に、こんなに年をとったのだろうかと悲しく思う。

父は二年前、自宅のベランダで転んで大腿骨《だいたいこつ》を骨折した。実は骨折前から、ずいぶんと足が弱くなり、「旅行に行く時は車椅子を使って移動した方が便利だ」と、ホテルや空港内で車椅子を使用することもあった。

しかし、大腿骨を骨折したことがきっかけで、リハビリについての本を読み、「いくら年をとっても自分の足で歩かせないとダメだ」ということを学んだ。足腰の衰えで、認知症になる人もいるという。歩けるうちは、できるだけ、自分の足で歩くことが大切なのだ。

そんなわけで、父が骨折後のリハビリを経て、退院した後は厳しく接するようになった。

毎朝、会社に出社する前、一時間早く起床し、父を起こしに行く。

真冬でも父の部屋に行き、「さあ、散歩に行くから起きて！」と、布団をはぎとる。

「寒い！　眠い！　もっと寝かせてくれ」

「ダメ！　歩かないとボケて死んじゃう！」

「散歩なんてどうだっていいじゃないか。もう八十四歳の老人なんだよ」

毎朝、同じ会話の繰り返しだ。そして無理矢理、外へ連れ出して近所まで歩かせ、さらに家の中で体操をやらせる。前屈や後屈、さらにスクワットを五十回、腹筋三十秒を三回する。そして、ベッドに寝かせて、硬くなった身体のストレッチと称して、足をかけたり、曲げたりする。

父は、「痛い！　痛い！　ナチよりひどい！」と、悲鳴を上げる。

しかし、そんなに頑張ってリハビリをやっているのに、この数ヶ月でさらに衰えた。近くの公園を一周するのがやっとである。背中もずいぶん曲がってきた。もはや気力も体力もなくなり、株にも興味がなくなってしまった。

だから本編のエッセイに書かれている株の売買をめぐる母との大バトルを読むと、本当に懐かしい。

あの当時、「あなた、もういい加減にして下さい！」と母が止めると、「オレ様が稼いだ金を好きに使ってなにが悪い！　喜美子は作家の妻として失格だ！　遠藤周作さんの家を見ろ！　阿川弘之さんの家を見ろ！　もっとウチよりひどいんだぞ」となじった。

母が父と離婚しなかったのは、「ウチよりもっとひどい家がある」という言葉を心の支えにしたからだという。

私も、「阿川佐和子さんの方が大変なんだ」と思うことで父を嫌いにならなかった。

しかし、きちんとした背広姿の友人のお父様がどんなに羨ましいと思ったことか。そんなわけで、「作家なんて最低！　人間が正しく生きるにはサラリーマンが一番だ」と、私は会社員になったのだ。

こんな父のもとで育った私は、「人間というのはいろいろな人がいて、つらく悲しいことがあってもそれが人生なのだ」と思うようになった。

その昔、昭和四〇年代、鬱《うつ》病の父に編集者から原稿依頼があると、父は、「今、鬱病なので書けません」と断っていた。すると編集者は必ず、「鬱病って何ですか？」と聞かれるので父は「鬱病というのは気分が落ち込んで気力がなくなるものなんです」と説明していた。それほど鬱病というものは知られていなかった。しかし、現在、三人に一人が鬱病になると言われる時代になった。

父は、「パパは作家としては大したことはないけれど、躁鬱病を世に知らしめた功績はある」と言っている。人間が生きていく上でのつらさ、悲しさ、大変さ、そして楽しさを、父は身をもって教えてくれた。

本書のエッセイは家族で食事をしたり、父と母がケンカしたり、たわいのない話ばかりである。しかし、どの家でも似たり寄ったりではないか。でも、つまらない日常生活がどんなに大切なのかと思う。

この本の最後にある「庭の花々」という小編であるが、現在もその家に父母と私達家族が二世帯別居で住んでいる。小さな庭には、幼い頃、ブランコがあり、父が背中を押してくれたことがあった。母も幸せそうだった。庭には赤や黄色のチューリップが咲き、穏やかな平穏な日々であった。どれも懐かしい昔の思い出である。明日も父を起こして散歩に行くが、あと何年、続けられるのだろうか……。

本書は「週刊小説」（小社刊、現在は「月刊Ｊ－ｎｏｖｅｌ」）一九八六年三月七日号から連載された「マンボウ酔族館」および「マンボウ夢草紙」（連載中）から家族の出来事を題材としたエッセイを中心に、新たに編集されたオリジナル文庫です。

（各編末尾の数字は雑誌掲載号）

『マンボウ酔族館Ⅰ～Ⅵ』『マンボウ夢草紙』『マンボウ夢のまた夢』（いずれも小社刊）を底本としました。

実業之日本社文庫 き21

マンボウ家族航海記《かぞくこうかいき》

2011年10月15日　初版第一刷発行
2011年12月20日　初版第三刷発行

著　者　北《きた》 杜夫《もりお》

発行者　村山秀夫
発行所　株式会社実業之日本社
〒104-8233　東京都中央区銀座 1-3-9
電話 [編集]03(3562)2051 [販売]03(3535)4441
ホームページ http://www.j-n.co.jp/
印刷所　大日本印刷株式会社
製本所　株式会社ブックアート

フォーマットデザイン　鈴木正道(Suzuki Design)

ISBN978-4-408-55054-1（文芸）